십대들이여,

첫문장을 탐하라

십대들이여, 첫 문장을 탐하라

(4차산업혁명시대의 글쓰기 콘서트, 글 – 문장 – 문해력)

[행복한 청소년®] 시리즈 No. 07

지은이 ㅣ 윤선희
발행인 ㅣ 홍종남

2021년 6월 27일 1판 1쇄 발행
2022년 6월 27일 1판 2쇄 발행(총 3,500부 발행)

이 책을 만든 사람들
책임 기획 ㅣ 홍종남
북 디자인 ㅣ 김효정
교정 교열 ㅣ 이홍림
출판 마케팅 ㅣ 김경아
제목 ㅣ 구산책이름연구소

이 책을 함께 만든 사람들
종이 ㅣ 제이피씨 정동수 · 정충엽
제작 및 인쇄 ㅣ 천일문화사 유재상

펴낸곳 ㅣ 행복한미래
출판등록 ㅣ 2011년 4월 5일. 제 399-2011-000013호
주소 ㅣ 경기도 남양주시 도농로 34, 301동 301호(다산동, 플루리움)
전화 ㅣ 02-337-8958 팩스 ㅣ 031-556-8951
홈페이지 ㅣ www.bookeditor.co.kr
도서 문의(출판사 e-mail) ㅣ ahasaram@hanmail.net
내용 문의(지은이 e-mail) ㅣ yl5772@naver.com
※ 이 책을 읽다가 궁금한 점이 있을 때는 지은이 e-mail을 이용해 주세요.

ⓒ 윤선희, 2021
ISBN 979-11-86463-56-7
〈행복한미래〉 도서 번호 087

십대들이여, 첫 문장을 탐하라

| 윤선희 지음 |

행복한미래

차례

1부
나는 내가 글을 못 쓰는 이유를 안다

2부
글쓰기에는 분명 비밀이 있다

3부
문장력을 키우는 마법의 키워드
– 필사, 핵심어, 육하원칙, 강제결합

4부
글쓰기 전략이 수행평가 만점을 만든다

5부
첫 문장 글쓰기를 탐하라

부록

글쓰기에도 커트라인이 있다

성적을 향상시키고 싶어 자신에게 맞는 선생님을 찾는다면, 처음부터 공부를 잘했던 선생님보다 열심히 공부해서 성적을 올리게 된 선생님을 찾는 것이 좋다. 무엇을 모르는지, 왜 모르는지 이유를 말하지 않아도 알기 때문이다. 어느 지점에서 고비를 맞아 포기하고 싶은지, 어떻게 해야 성적을 올릴 수 있는지, 느낌이 아닌 경험을 바탕으로 정확하게 필요한 지점을 공략해줄 것이다.

그런 면에서 글쓰기 책을 쓰기에 나만큼 적격자는 없지 않을까 생각한다. 글을 쓰고 가르치는 일에 20년이 넘는 시간을 보냈지만 여전히 글쓰기를 잘한다고 말할 수는 없다. 또 글은 쓰면 쓸수록 어렵다는 생

각이 든다. 하지만 오히려 그렇기에 더 글쓰기를 잘 가르칠 수도 있다고 생각하고 있다. 글쓰기를 잘하지 못했던 내가 시간이 지나면서 작가가 되었고, 글쓰기 강사가 되었으니 그 과정과 경험을 전하고 싶다.

언젠가는 반드시 글쓰기 책을 쓰겠다고 생각해왔다. 그러나 책을 쓰는 일은 결코 쉬운 일이 아니다. 게다가 말로도 가르치기 힘든 글쓰기를 글로 가르치려니 여러 가지 고민을 하게 되었다. 쉽게 이해시키기 위해 시각화하는 방법은 없을까, 또래 학생들이 직접 쓴 글을 넣으면 더 좋지 않을까 등의 생각이 꼬리에 꼬리를 물고 떠올랐다.

우선 함께 글쓰기를 하면서 학생들이 쉽게 따라 했던 방법들을 떠올려보았다. 어떤 방법으로 했을 때 좋아했고 어떤 부분에서 어려워했는지, 또 그런 때는 어떤 해결방법을 적용했었는지 말이다. 도대체 무엇을 어떻게 써야 하느냐며 볼멘소리를 하던 아이들의 모습도 떠오른다. 앞부분만 어떻게든 시작하면 계속 쓸 수 있을 것 같다던 학생들을 위해 첫 문장을 준비해서 글을 쓰도록 수업했던 기억들도 떠올랐다.

이 책에서 다루는 것은 재능이 필요한 문학적인 글쓰기가 아니라, 배워서 쓸 수 있는 글쓰기로 한정했다. 또 지금보다 더 잘 쓰고 싶다는 바람을 가진 독자보다는 글쓰기 자체가 너무 어려워서 시작하기 힘든 이들을 대상으로 한다. 그래서 평생 이어갈 글쓰기의 기초를 마련할 수

있도록 돕고자 했다. 이를 위해 글쓰기에 대한 설명과 함께 다른 이들의 글을 읽으며 이해할 수 있도록 여러 가지 인용글과 학생들의 글을 함께 실었다. 책의 곳곳에 배치해둔 필사 연습 부분까지 실천해본다면 책을 다 읽고 난 후 큰 무리 없이 글을 쓰고 있는 자신을 발견할 것이다.

직접 해보지 않고 실력이 늘 수 있는 방법은 없다. 말로만 자전거를 배우면 제대로 탈 수 없고, 실력도 늘지 않는다. 자전거뿐 아니라 배워야 하는 모든 일이 마찬가지다. 글쓰기 역시 먼저 책으로 기본적인 부분을 배우고 나면 직접 쓰고 또 써야만 실력을 향상시킬 수 있다.

한편 글쓰기 실력이 좋아졌다 해도 다른 좋은 글을 보고 나서 위축

되는 경우도 있다. 막연히 '좋은 글'을 쓰겠다는 것을 목표로 한다면 글쓰기는 영원히 우리를 괴롭힐지도 모른다. 그러므로 글쓰기에도 커트라인을 정해야 한다. 독자가 읽어서 이해하기 쉽고, 도움이 되는 내용을 담은 글을 쓰는 것이 목적이라고 선을 그어야 한다. "누군가 나의 글을 읽고 되묻지 않아도 되는 글을 쓰자" 또는 "글쓰기 때문에 스트레스 받지 않도록 기술적인 방법을 터득해보자" 등 자신만의 커트라인을 정해 단계를 높여가는 것도 하나의 방법이다.

처음부터 마라톤 풀 코스를 뛰겠다고 작정하는 것은 올바른 선택이 아니다. 그러나 일단 100미터, 200미터를 뛰는 데 익숙해지면 나중에는

마라톤에도 도전할 수 있게 된다. 그러니 일단 밖으로 나가 산책을 시작하는 것처럼 가벼운 마음으로 이제부터 글쓰기 공부를 시작해보자.

1부

나는 내가 글을 못 쓰는
이유를 안다

I.
왜 글을 써야 할까?

　'글을 쓴다는 것은……'이라고 쓰고 무슨 말을 써야 할까 한참을 고민한다. 수도 없이 떠오르는 말들 중에 어떤 말을 써야 더 좋을지, 또는 뒷이야기를 쉽게 이어갈 수 있을지 생각하면서 거듭 썼다 지웠다를 반복한다.

　글을 쓴다는 것은 무엇일까? 그리고 우리가 글쓰기를 어려워하는 이유는 뭘까? 글쓰기는 정말 어려운 것일까?

　글을 쓰거나 강의를 할 때 나는 개념을 정의하고 시작하는 것을 선호한다. 개념을 정의하면 그 주제에 대해 독자나 강의를 듣는 이들과 같은 생각을 하게 되며, 동시에 집중하는 힘이 생겨 함께 고민할 수 있기 때문이다. 그러나 글쓰기에 대한 책을 쓰면서 정작 글쓰기에 대한 개념 정의를 하려니 쉽지 않다. 사전적인 정의를 내려야 한다면 국어사전을 찾아보면 되겠지만, 지금 필요한 것은 일반적인 사람들이 대부분 어렵게 생각하는 글쓰기에 대한 것이기 때문이다.

글쓰기가 쉽다는 사람을 본 적이 있는가? 글을 잘 쓴다고 스스로 생각하거나 타인들의 인정을 받는 사람들조차 글을 쓸 때는 압박을 느끼며, 무엇을 어떻게 써야 하는지 수없이 고민하고 어려워한다는 이야기를 종종 들을 수 있다. 왜 그럴까?

많은 글쓰기 책들이 일단 쓰라고 말한다. 일단 쓰기 시작해서 끈기 있게 버티면, 어느새 책 한 권도 쓸 수 있다고 힘주어 말한다. 물론 자신이 안내하는 방법을 믿고 따라 하라는 단서가 있기는 하다. 어떤 경우 심지어 글은 엉덩이로 쓰는 것이라며 시간 투자가 필요한 일이라고 한다. 그러나 글쓰기가 힘든 사람에게는 이 말이 일단 책상에 앉아 무조건 책을 펴고 들여다보기만 하면 공부를 잘하게 된다는 말처럼 들리지 않을까? 선뜻 믿기도 힘들고, 실천도 힘들다.

책상에서 긴 시간을 보낸다고 해서 시험을 잘 볼 수 있다고는 아무도 믿지 않을 것이다. 경험이 있는 사람이라면 알겠지만, 책을 펴고 바른 자세로 책상에 오래 앉아 있다고 해서 공부가 잘 되거나 시험 성적이 잘 나오는 것은 아니다. 글을 쓰자고 결심하거나, 열심히 공부하자고 결심하고 결심해도 계속 딴생각이 나고, 딴짓이 하고 싶다. 심지어는 해야 할 그 일만 빼고 세상의 온갖 일들이 다 재미있게 느껴지기도 한다.

인지심리학에서 답을 찾아보면 이는 우리의 뇌가 습관이 되지 않은 일들에 저항하기 때문이라고 한다. 글을 쓰는 것이나 공부를 하는 것은 우리에게 자연스러운 일은 아니다. 그러니 저항하는 뇌를 이길 만한 강력한 동기가 필요하다. 그렇지 않다면 '나는 원래 글을 못 쓰니까', '방이 지저분하니 청소부터 하고 새로운 마음으로 쓰자', '오늘까지만 쉬고 내일부터는 무조건 할 거야' 등 끝없는 뇌의 저항이 이어지게 된다.

뇌는 변화하지 않고 그대로 머무르려는 마음 상태인 항상성을 원한다. 변해야 한다는 특별한 동기 부여가 없으면, 뚜렷하게 잘할 수 있다는 보장이 없다면, 실패 경험이 있다면 저항을 하는 것이다. 현재의 상태를 유지하는 것이 더 이롭다고 여기기 때문이다.

따라서 시작하기 전에 먼저 마음을 점검해야 한다. 이는 글을 쓸 때뿐 아니라 습관이 되지 않은, 좋아하지 않는, 실패했던 일을 해야 하는 모든 상황에서 마찬가지다.

삶에 어떤 의미가 있다는 것을 깨닫는 것보다 최악의 상황에서 효과적으로 살아남을 수 있는 방법은 없다. '왜 살아야 하는지 아는 사람은 어떤 어려움도 참고 견딘다'라는 니체의 말에는 이런 예지가 담겨 있다. 이 말에서 정신치료에도 유용한 어떤 좌우명을 찾을 수 있다. 나치의 강제수용소에 있었던 사람들은 수감자 중에서 자기가 해야 할 일이 있다는 것을 알고 있는 사람들이 더 잘 살아남았다는 사실을 눈으로 확인할 수 있었다.[1]

이 글을 쓴 빅터 프랭클은 나치 수용소에서 살아남은 로고테라피 창시자다. 로고테라피는 의미를 통한 치료라고 한다. 왜 살아야 하는지 삶의 의미를 깨달은 사람이 어떤 어려움도 견딜 수 있는 것처럼 어떤 일의 의미를 아는 것이 중요하다는, 동기를 중요시하는 심리치료방법이다.

우리도 의미를 먼저 찾아보자. 왜 글을 써야 하는지, 거시적으로 생각해보자.

우리는 어떤 식으로든 읽고, 생각하고, 쓰는 일을 하면서 살아간다. 게다가 소셜미디어를 떠나서 살 수 없는 요즘과 같은 시대에는 글쓰기가 더욱 중요해졌다. 짧고 함축적이면서도 강한 인상을 주는, 그러면서도 자신을 잘 나타낼 수 있는 글을 쓰는 능력이 필요하다. 물론 현실적으로 지금 당장 글을 써야만 하는 사람에게는 해야만 하는 '과제'라는 면에서 미시적인 의미도 있을 것이다.

각자 글쓰기에 대한 경험과 생각, 마음 자세는 다르겠지만 로고테라피에서 말하는 것처럼 먼저 글쓰기에 의미를 부여해보자. 그리고 무엇이 내게 글쓰기를 두렵게 하고 회피하게 하는지도 적어보자. 그 목록

---

1   빅터 프랭클, 《죽음의 수용소에서》, 청아출판사, 2017, 174쪽.

을 살펴보면 어떻게 해결해나가야 할지 힌트를 얻을 수 있을 것이다. 연습으로 해결될 수 있을지, 멘토가 필요할지, 아니면 지식이 필요할지 찾아보는 것이다. 그런 과정에서 한결 가벼운 마음으로 해낼 수 있다는 의지도 생길 것이다.

2.
글쓰기가 힘들면 말로 시작해보자

"말로 하면 안 되나요?"

"꼭 글로 써야 하나요?"

학생들과 수업을 할 때마다 한두 명 정도는 반드시 하는 질문이다.

처음 수업을 했을 때는 그런 학생들의 태도가 나에 대한 반항이 아닐까 하는 생각이 들기도 했고, 아이들에게 끌려다니면 안 된다는 생각에 절대로 안 된다고 단호하게 대응했다. 당연하지 않은가? 글쓰기 시간인데 글을 쓰지 않는다면 무엇을 하겠는가.

그럼에도 수업 때마다 "말로 하면 안 되나요?"라는 이야기는 빠지지 않고 등장했고, 어떻게 대응해야 할지 고민하게 된 나는 진지하게 학생들의 의견을 들어보기로 하고 글쓰기가 싫은 이유를 물었다.

글쓰기가 싫은 이유

1) 손이 아파서 글씨 쓰기가 힘들다.

2) 뭘 어떻게 써야 할지 모르겠다.

3) 그냥 싫다.

예상한 것보다 허무한 결과였다. 세상에서 제일 무서운 게 '그냥'이다. 몇몇을 제외하면, 글쓰기가 그냥 싫다는 대답이 많았다. 게다가 필력이 없는 어린 학생들의 경우만이 아니라 고학년 학생들조차 손이 아프다며 글쓰기를 힘들어하는 의외의 사실이 놀랍기도 했다. 읽기도 싫어하고, 글쓰기도 싫어하고, 생각하기도 싫어하고……. 사면초가의 상황에 던져진 느낌마저 들었다. 가지고 있는 도구를 아무것도 쓰지 못한 채 전쟁터에 던져진 기분이랄까. 교사로써 가슴이 답답해졌다. 그러다 아이들에게 말로 대신하겠다는 이유를 물어보았다.

말로 대신하겠다는 이유

1) 글보다 말하기가 편하다.

2) 글씨 쓰기가 귀찮고, 힘들다(손이 아프다).

3) 글은 생각해서 써야 하지만 말은 생각을 안 해도 나온다.

한 대 맞은 기분이었다. 대답할 말을 찾지 못했기 때문이다.

생각해보면 나 역시 일상 속에서 글보다는 말을 더 많이 하고, 메신저나 문자메시지로 이야기를 나누다 길어지면 통화를 하는 것이 더 편했다. 의식하지는 못했지만 나도 글보다는 말이 설명하기도 쉽고 간편한 방법이라고 생각하고 있었던 것이다.

나는 자주 하지 않던 주제의 강의를 준비할 때는 PPT를 만들고 나서 미리 '지인 찬스'를 사용해 모의 강의를 해본다. 머릿속으로만 생각하고 만든 강의안의 부족한 부분을 채우기 위해서이다. 모의 강의를 하다 보면 매끄럽지 않은 부분도 찾아내고, 미처 생각하지 못했지만 추가해야 하는 내용이 있다는 것도 알게 된다. 머릿속 생각을 말로 전하는 과정에서 연상작용이 일어나 생각이 꼬리에 꼬리를 물기도 하고, 생각이 다듬어져 정리가 되기도 한다. 이렇게 말을 하면서 생각이 정리되고, 생각지도 못한 아이디어가 생기는 경험을 다들 해보았을 것이다.

가볍게 한 대 맞은 것 같은 그 시간 이후, 나는 글쓰기 시간에 큰 소리로 토론하듯 서로 이야기를 주고받으며 학습하는 하브루타 수업을 도입해보았다. 그렇게 미리 주제에 관해 이야기하며 무엇을 어떻게 쓸지 자신의 생각을 채우고, 다듬는 시간을 가졌다. 그러자 글쓰기에 대한 학생들의 자신감이 훨씬 높아졌고, 그렇게 쓴 글 자체도 좋아지는 효과가 있었다.

"《페스트》를 읽고 독후감을 써야 합니다. 둘이 짝을 지어 어떤 내용을 쓸지 이야기해보세요."

A 《페스트》를 읽고 어떤 생각이 들었어?

B 쥐가 나와서 무섭다는 생각을 했지만, 마지막에 페스트가 끝나는 장면을 보며 언젠가 수업 시간에 들었던, 인생이 희노애락의 연속이라는 말이 생각났어.

A 나는 무섭다기보단 표현이 너무 리얼해서 토할 것 같았는데. 신기한 건 책에도 정말 토할 것 같다는 표현이 나와서 놀랐어. 쥐는 너무너무 싫어.

B 근데 꼭 쥐가 아니더라도 다른 걸 넣어도 이야기는 될 것 같아. 예를 들어 전쟁? 사스? 코로나? 신종플루 같은 것. 역사 시간에 배웠던 것처럼, 이름은 바뀌지만 역사는 반복되어서 이어지는 것 같아.

A 주제가 뭐라고 생각해? 독후감을 쓰려면 주제 정도는 알고 써야 하지 않을까?

B 이 책의 주제가 맞는지 모르겠지만, 나는 인생을 살아가는 자세에 대해 쓸까 해. 《페스트》에 나오는 인물 중에 리외 선생님이

멋져 보였는데, 리외 선생님을 중심으로 인물들이 살아가는 태도에 대해 쓰고 싶어.

학생들은 이렇게 대화하며 생각을 정리해나갔다. 물론 처음부터 이런 대화가 가능했던 것은 아니지만, 몇 번의 수업을 거치며 발문에 대해 연습을 하고 나니 훨씬 수월해진 모습이었다. 글을 쓰기 전에 말로 다양한 이야기를 주고받으면서 주제와 관련된 서로의 다양한 생각들을 접하고 나니 '뭘 쓸까'에 대한 고민이 채워졌고, 따라서 이제는 '어떻게 쓸까'에 대해서만 고민하면 되었기 때문이다. 또 기억이 나지 않는다는 학생들을 위해 대화를 녹음해서 다시 들을 수 있도록 했다.

사실 말과 글은 불가분의 관계다. 음성과 문자라는 표현 수단이 다를 뿐, 전달하려는 내용은 같다. 생각과 감정의 표현이란 점에서 그렇다. 그러면 이렇게 묻는 사람이 있다. "나는 말은 잘한다. 그런데 쓰지는 못한다." 이유가 뭔가?" 글을 많이 안 써봐서 그렇다. 말할 수 있으면 쓸 수 있다. 반대로 글은 좀 쓰겠는데 말하기가 어려운 사람도 마찬가지다. 말을 많이 안 해봐서 그렇다. 내성적인 성격 때문일 수도 있지만, 이 또한 많이 해보면 극복할 수 있다. 많이 하다 보면 성격도 바뀐다.

말이 먼저다. 말부터 배우고 글쓰기를 익힌다.[2]

---

2 강원국, 《나는 말하듯이 쓴다》, 위즈덤하우스, 87쪽.

글을 많이 안 써봐서, 말을 많이 안 해봐서. 맞는 말이다. 강원국 작가의 말처럼 세상 모든 일은 연습을 하면 어느 정도는 이룰 수 있는 일들일 것이다. 게다가 우리가 하려는 글쓰기는 특별한 재능이 필요한 문학예술이 아니라 실용적인 글쓰기이다. 노력해볼 만한 일이 아닐까?

3.

독자가 원하는 내용을 단계에 따라

글을 쓰기 위해서는 많은 생각을 해야 하고, 눈에 보이지 않는 여러 단계를 거쳐야 한다. 독서감상문을 써야 한다면 일반적인 글쓰기 단계는 아마도 '책 읽기→쓰기→제출'이 될 것이다. 그리고 여기에는 압축되어 있지만, 사실 쓰기 단계에는 여러 가지 전략이 필요하다. 전략이라는 단어가 거창하게 들린다면 계획 세우기 정도로 생각해도 좋다. 즉 무엇을, 어떻게 써야 하는지에 대한 계획이 필요하다. 여행을 갈 때 미리 계획을 세우는 것처럼, 자료 조사를 통한 계획부터 자신의 생각을 정리하는 계획이 있어야 한다.

그러니 다시 순서를 생각해보면 '책 읽기→주제로 이야기 나누기

→쓰기 전략 짜기→개요 짜기→쓰기→퇴고→제출'이 되어야 한다.

그러나 여기에도 '쓰기 전략 짜기' 단계는 또 압축되어 있다. 생각의 과정을 표현하는 일이 어렵기 때문이다. 어떤 사람은 주제에 대한 이야기를 나누면서 생각이 정리되기도 하고, 어떤 사람은 혼자서 주제에 대해 곰곰이 더 생각을 해보아야 하는 등 사람마다 다른 과정을 거친다. 이는 글을 쓰는 목적에 따라서도 달라진다. 자기만 보는 일기를 쓸 때와 편지를 쓸 때, 독서감상문을 쓸 때가 모두 다를 것이다.

학교에서 쓰는 모든 글은 과제 성격의 글이다. 그러므로 이때는 과제를 낸 독자인 교사가 원하는 것이 무엇인지 생각하며 써야 한다. 무조건 쓰는 것이 아니라 자신을 중심으로 생각하는 방식에서 벗어나 타인, 즉 읽는 사람을 생각하고 써야 하는 것이다. 그렇다면 글쓰기의 단계를 다시 다음과 같이 정리할 수 있다. '책 읽기→주제로 이야기 나누기→쓰기 전략 짜기+독자가 원하는 것 생각해보기→개요 짜기→쓰기→퇴고→제출'.

누가	윤선희 선생님이
언제	2021년 ○월에
어디서	온라인에서
무엇을	강의를
어떻게	했다
왜	비평과 칼럼 쓰기를 가르쳐주기 위해서

기사를 쓰기 위해 위와 같이 내용을 육하원칙으로 정리해보았다. 먼저 이렇게 정리를 하고 나서 보충하거나 설명이 필요한 부분을 찾아본다. 물론 이것은 글쓴이의 입장에서 하고 싶은 말을 쓴 것이다. 이제 독자의 입장에서 어떤 부분의 설명을 더 원할지 생각해보자. 윤선희 선생님이라고 써놓았지만 어떤 책의 저자라거나 어디에 소속되어 있다거나 등 독자를 위한 설명이 필요하다. 또 온라인이라고만 씌어 있지만 어떤 프로그램, 어떤 사이트인지 밝히는 것이 읽는 사람을 위한 배려가 될 것이다. 또 '비평과 칼럼 쓰기를 가르쳐주기 위해서'라고 했지만 독자 입장에서는 학생들이 이런 걸 왜 배우는지 궁금해할 수도 있다. 그러니 학생들이 비평이나 칼럼을 배우는 이유에 대해서도 기술해주어야 한다. 여기에 비평과 칼럼에 대한 강의 내용을 추가한다면 더 이해하기 쉬운 글이 된다. 즉, 글에는 독자를 위한 배려가 필요하다.

무슨 이야기를 어떻게 하고 싶은지 생각해보고 친구에게 이야기를 들려주듯, 혹은 동생에게 들려주듯 쓰기 전에 자연스럽게 이야기해보자. 이것이 여의치 않다면 혼자 누군가에게 설명하듯 녹음을 해보는 것도 좋다. 녹음을 해보면 머릿속에서는 쓸 내용이 많다고 생각했는데 의외로 부족한 부분이 있다는 것을 깨닫거나 미처 생각하지 못했던 좋은 소재들을 찾을 수도 있다.

물론 이런 절차를 거쳤는데도 뭘 써야 할지 도저히 모르겠다면, 주제에 관련된 공부를 다시 해야 한다. 어쩌면 쓰기의 문제가 아니라 지식의 문제일 수도 있다. 아는 것이 없으니 쓸 것도 없고, 이야기할 것도 없는 것이다. 이럴 땐 과감히 관련된 자료나 다른 사람들이 쓴 글을 읽으며 무엇을 써야 하는지 궁리해보도록 하자.

4.
전교 1등도 글쓰기는 어렵다

전교 1등에게도 글쓰기는 어렵다. 글쓰기는 자연스럽게 되는 영역이 아니기 때문에, 전교 1등이라도 글을 잘 쓰려면 배워야 한다.

흔히 글을 잘 쓰려면 자연스럽게 쓰면 되고, 자연스럽게 쓴다는 것은 곧 쉽게 쓰는 것이라고 생각한다. 달리 말하면 술술 쓰기, 어렵지 않게 쓰기, 생각나는 대로 쓰기, 힘들이지 않고 쓰기 등으로 대체할 수 있다고 생각한다. 글쓰기는 자연스럽게 되는 것이 아니라면서, 자연스러운 글쓰기란 말은 어떻게 생겨난 건가 의아하고 궁금할지도 모른다. 개인적인 생각으로는 글을 써보지 않았거나 아니면 천부적으로 글을 잘 쓰는 사람들이 만든 말이 아닐까 싶다.

자연스럽다는 것은 인위적으로 힘을 들이거나 애쓰지 않아도 저절로 되는 일을 말한다. 사전적인 의미로만 본다면 노력 없이 되는 일이 자연스러운 일이라고 할 수 있을 것이다. 하지만 많은 일들이 자연스럽게 된 일인 듯해도 그 과정을 자세히 살펴보면 사실은 각고의 시간을 보내고 엄청난 노력을 한 대가로 얻어진다는 것을 알 수 있다. 우리가 대가, 장인, 명장, 전문가라고 부르는 사람들이 보여주는 결과도 그렇다.

이처럼 글쓰기도 노력이 바탕이 되어야만 가능한 일이다. 어린아이는 걷기까지 몇 천 번의 엉덩방아를 찧고, 넘어지기를 반복한다. 그런 시간을 보내면서 걸음마를 떼고, 점차 자연스럽게 걷게 된다. 말하기도 마찬가지다. 태어나면서부터 말을 하는 인간은 없다. 1년이 넘는 시간 동안 다른 이의 말을 듣고 옹알이를 하면서 끝없이 연습해야 비로소 말문이 트이게 된다.

이처럼 우리가 하는 많은 일들이 자연스럽게 발현되는 듯 보이지만 사실은 많은 시간과 반복된 도전이 만들어낸 결과이다. 전교 1등이라 해도 자연스럽게, 즉 저절로 쉽게 글쓰기가 되는 것은 아니라는 말에 이제는 공감할 수 있을 것이다.

자연스럽기 위해서는 그만큼의 시간을 보내야 한다. 그렇다면 글을 쓰기 위해서 내가 그동안 몇 시간을 들였는지 생각해보자. 결코 많은 시간은 아닐 것이다.

인간의 DNA에는 숨쉬기, 먹기, 생리현상 등 생존을 위해 이루어져야만 하는 일들에 대해 자연스럽게 동기를 갖게 하는 시스템이 내장되어 있다고 한다. 그러나 애석하게도 글쓰기는 우리의 생물학적 시스템에 내장되어 있는 일이 아니다. 글쓰기뿐 아니라 학습에 관련된 많은 일들이 그렇다.

> 티끌은 모아봐야 티끌이라는 우스개가 있다. 하지만 글쓰기는 그렇지 않다. 글쓰기는 티끌 모아 태산이 맞다. 하루 30분 정도 자투리 시간을 활용해 수첩에 글을 쓴다고 생각해보자. 아무것도 아닌 것처럼 보인다. 하지만 매주 엿새를 그렇게 하면 180분, 세 시간이 된다. 한 달이면 열두 시간이다. 1년을 하면 150시간이 넘는다. 이렇게 3년을 하면 초등학생 수준에서 대학생 수준으로 글솜씨가 좋아진다. 나는 그렇게 해서 글쓰기 근육을 길렀다. 글쟁이로 데뷔하기 직전 두 해 동안 집중 훈련을 했다. 타고난 재능 덕에 저절로 글을 잘 쓰게 된 것이 아니다.[3]

글쓰기로 유명한 유시민 작가가 말하는 '글쓰기 근육을 키우는 법'이다. 그 역시 자연스럽게 글을 잘 쓴 것이 아니라고 하니, 위안이 되지 않는가? 좋은 글은 쓰고 또 쓰며 시간을 투자하고 반복한 결과이다. 초등학생 수준에서 대학생 수준이 되기까지 얼마의 시간을 보내야 하는지 계산할 필요는 없다. 유 작가만큼은 아니라 해도 학교에서 글을 써

---

3   유시민, 《유시민의 글쓰기 특강》, 생각의길, 2015, 228쪽.

야 하는 시간만이라도 최선을 다해서 써보라. 그렇게 꾸준히 노력하여 '티끌 모아 태산'이라는 기적을 이루어보자.

5.
나는 쓰기 위해 글을 읽는다

　쓰기와 읽기에 대해 어떻게 설명해야 할까. 투박하게 툭 던져보자면, 글을 잘 쓰려면 잘 읽어야 한다고 생각한다. 이것이 이번 장의 내용이다. 한편 잘 읽는 것에도 긴 설명이 필요하고, 쓰기만큼 읽기도 어려운 일이다. 분명한 것은 글을 쓰기 위한 읽기는 일반적인 읽기와 달라야 한다는 것이다.

　독서감상문을 쓸 때 우리는 가물거리는 기억을 더듬어 글을 쓰곤한다. 읽은 지 얼마 되지 않은 책에 대해서도 무엇을 쓸지 한참을 고민하다가 쓰게 된다. 그런데 만약 감상문을 쓰기 위해 책을 읽는다면 어떨까? 그저 독서만을 위해 책을 읽을 때와는 달라질 것이다. 어떤 내용으로 어떤 글을 쓸지 읽으면서도 고민하게 되고, 인용할 부분에 밑줄을 긋거나 글을 쓰기 위한 자료를 수집하고자 더 집중하게 된다. 다시 말하면, 읽고 쓰기를 위해서는 각각에 맞는 전략이 필요하다. 그렇다면 쓰기를 위한 읽기는 어떻게 이루어져야 할지 생각해보자.

쓰기 위한 읽기의 순서

1) 제목

사람들은 책을 선택할 때 제목을 보고 1차로 선택하여 나름대로 훑어본 다음 최종적으로 선택한다. 제목을 통해 우리는 내용을 예측해보고, 작가가 글을 쓴 이유도 추론하게 된다. 그렇기에 출판사는 마케팅 차원에서도 강한 인상을 주면서 동시에 전체 책의 내용을 보여줄 수 있는 제목을 붙이려고 노력한다. 책을 다 읽고 나서 제목을 다시 보면 주인공의 이름인지, 중요 사건인지, 반어법의 제목인지 등 무엇을 중심으로 제목을 지었는지 알 수 있다. 이렇게 제목에 대한 이야기로 글을 시작하거나 제목에 얽힌 에피소드로 글을 쓸 수도 있다.

2) 작가

작가에 대해 많이 알면 알수록 작품을 이해하는 데 도움이 된다. 작가에 대해 모른다면 인터넷 검색을 해보는 것도 좋다.

이육사의 〈청포도〉라는 시를 예로 들어 생각해보자. 시에 등장하는 '청포도, 손님'이라는 단어를 본다면 우리는 싱그런 청포도를 두고 손님과 도란도란 이야기하는 장면을 떠올릴 것이다. 그러나 작가가 일제 강점기를 저항으로 보낸 이육사라는 것을 안다면 청포도와 손님이 다른 것들을 상징하는 단어라는 것을 알게 된다.

비단 문학작품이 아니더라도 모든 글은 작가에 따라 각기 독특한 특성을 지닐 수밖에 없다. 그러므로 어떤 글을 제대로 이해하기 위해서는 작가에 대해서도 알아보아야 한다. 작가에 대한 설명으로 시작하는 글은 지적인 글의 느낌을 준다. 또 해당 작품을 잘 읽어내기 위해 노력했으며, 나름대로 분석하며 읽었다는 것도 보여준다.

3) 프롤로그

서문이라고도 하는 프롤로그 부분에는 작가가 그 글을 쓴 이유와 글의 주제, 읽는 방법 등이 담겨 있는 경우가 많다. 즉 프롤로그를 읽는 것을 운전에 비유한다면, 내비게이션이 알려주는 대로 그냥 따라 갈 수도 있지만 미리 예상 경로를 전체적으로 훑어본 후 출발하는 것이라고 할 수 있다. 또 이 책을 읽어야 할지 말아야 할지를 결정할 때에도 영향을 줄 수 있다. 프롤로그만 잘 읽어도 책의 내용을 예측해볼 수 있고, 작가의 글쓰는 방식에 대해서도 알게 된다.

나는 목차를 잡기 전에 프롤로그를 먼저 쓰면서 어떤 이유에서 책을 쓰려고 하는지, 주제가 무엇인지, 어떤 방식으로 쓸 것인지를 정리한다. 그렇게 해야 우왕좌왕하지 않고 목차를 잡을 수 있기 때문이다. 그러니 프롤로그는 빼놓지 말고 읽는 것이 좋다.

4) 목차

목차는 글을 쓸 때 처음 작성하는 개요와 같다. 목차를 보면 전체 글의 흐름을 파악할 수 있기 때문이다. 책을 읽는 것이 익숙하지 않고, 미리 목차를 보는 연습을 하지 않은 독자는 목차를 봐도 무슨 소리인지 모르겠다고 하는 경우가 있다. 이럴 때는 읽기 전에 목차를 가볍게 훑어보고, 책을 다 읽은 후에 다시 한번 목차를 보면 처음과는 다르게 흐름이 보일 것이다. 목차 읽기 연습이다. 이런 식으로 몇 번 하다 보면 목차만으로도 책의 흐름을 이해할 수 있게 된다.

5) 에필로그

에필로그는 맺음말이다. 작가가 글을 쓰면서 생각했던 것이나 마치면서 당부하고 싶은 이야기, 탈고 후의 여러 가지 생각 등에 대해 적는 부분이다. 프롤로그를 기억하며 에필로그를 읽으면 한 권의 책을 다 읽은 듯한 느낌이 들 수도 있다.

전체를 이해하기 위한 차원에서 본문을 읽기 전에 미리 에필로그를 읽어도 된다. 평소에 글을 읽으며 이해하는 것이 힘든 사람은 프롤로그와 에필로그를 먼저 읽기를 권한다.

6) 본문 읽기

본문을 읽을 때는 소제목을 보며 어떤 내용일지 생각하면서 읽어야한다. 대개 소제목들은 각 장의 주제를 집약하여 보여주기 때문이다. 그러므로 목차를 미리 읽으며 흐름을 파악하는 것이 좋다. 또 본문을 읽을 때는 자신만의 방법으로 본격적으로 쓰기 위한 글거리를 수집해야 한다. 인덱스를 붙여두거나 밑줄을 긋거나 베껴 적는 방법도 좋다. 본문을 읽을 때 궁금한 내용, 이해가 안 되는 내용 등도 표시해두었다가 친구나 선생님과 함께 생각해보자. 모르는 부분은 인터넷 검색을 하는 방법도 있다.

중요한 것은 글을 이해하며 읽으려는 마음을 가져야 한다는 것이다. 그저 읽는 것으로 끝내는 것이 아니라 숨어 있는 내용을 파악해서 제대로 나의 것으로 만들어야 한다. 영어 책을 읽을 때 모르는 단어를 찾으며 읽는 것처럼, 한국어로 된 책이라 해도 모르는 부분을 그냥 넘어가서는 안 된다. 이해하기 어려운 부분은 문장을 끊어 읽는 것도 좋다.

7) 독서 후

읽고 나서 그냥 책을 덮어버리면 남는 것이 별로 없다. 에빙하우스의 망각 곡선에 의하면 사람들은 책을 처음 읽은 직후에는 100퍼센트를 기억하지만, 19분이 지나면서부터 서서히 기억이 지워지고, 하루가 지나면 단지 33퍼센트만 기억에 남아 있게 된다고 한다. 그렇다고 교과서도 아닌 것을 계속 반복해서 읽을 수도 없는 일이다. 이럴 때를 위해 독서록을 작성해두면, 책과 관련한 주제의 글을 쓸 때 자신이 적어둔 내용과 밑줄 그은 부분을 다시 펼쳐보는 것만으로도 과거에 읽었던 내용을 다시 떠올릴 수 있으므로 도움이 된다.

결국 책의 모든 부분을 다 꼼꼼히 읽어야 한다는 얘기 아닌가?

맞다. 이런 순서로 책을 읽어본다면 무작정 본문부터 펼쳐서 그냥 읽었을 때와는 책에 대한 이해도가 전혀 달라진다. 믿음을 가지고 한번 실천해보자.

최고의 문장은 경험에서 나온다

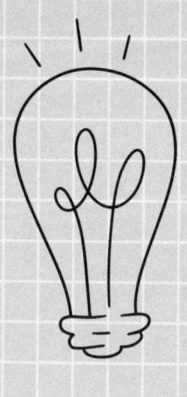

고등학교 시절 기말고사를 앞둔 월요일, 친구에게 이렇게 말했다. "어제 종일 텔레비전만 봤어", 사실이 아니었다. 실은 공부했다. 친구가 일요일에 공부하지 않고 놀았다며 속상해하기에 내 나름대로는 배려라고 생각했다. 그러나 진실이 아니었다. 나는 그렇게 웅숭깊지 않았다. 분명히 그 말에는 친구를 방심하게 할 속셈이 들어 있었다.

우리는 과도한 경쟁심 탓에 공감 능력을 잃어가고 있다. 학교에서의 공부는 주로 읽기와 듣기였다. 읽기와 듣기는 남의 것을 내 것으로 만드는 '소유 행위'다. 쓰기와 말하기는 내 것을 남에게 나눠주는 '공유 행위'다. 학교에서는 읽기와 듣기를 많이 해서 자기 소유를 늘리는 친구가 우등생이 되었다. 일종의 소유 경쟁

이었다. 우리의 공부는 협력을 잘하기 위함이 아니라 경쟁을 잘하기 위함이요,

우리의 교육은 경쟁하는 사람을 키우기 위함이었다.

– 강원국, 《나는 말하듯이 쓴다》, 위즈덤하우스, 2020, 33쪽.

팁　　　　작가의 경험으로 시작한 첫 문장 쓰기이다. 주제와 잘 맞는

경험이라 자연스럽게 이해되고, 부드럽게 읽힌다. 게다가 작가의 경험이

혼자만 겪은 특별한 경험이 아니라 일반적으로 겪어봤을 사례이기 때문

에 공감대를 얻을 수 있고, 다음 이야기에 대한 흥미가 생긴다.

따라 쓰기 팁　　자신의 사례 중 이와 비슷한 일이 있는지 생각해보고, 자신

의 이야기로 바꾸어 써보자.

4차산업혁명시대의 글쓰기 콘서트,
글-문장-문해력

2부

글쓰기에는
분명 비밀이 있다

I.
모든 글쓰기의 법칙은 딴-딴-딴이다

세상 모든 일에는 크든 작든 저마다 규칙이 있다. 집과 학교에서처럼 공간에 따라 달라지는 규칙도 있고, 시간과 장소, 혹은 시대에 따라 지켜야 할 규칙도 있다. 이렇게 상황에 따라 달라지는 규칙 때문에 학교생활이 무척 힘들게 느껴지는 사람도 있고, 반대의 경우도 있을 것이다.

글쓰기에도 글의 종류에 따라 다양하게 지켜야 하는 규칙들이 존재한다. 편지를 쓸 때 처음엔 상대의 이름을 쓰고 인사를 하는 것으로 시작한다든가, 소설은 발단, 전개, 위기, 절정, 결말로 구성된다거나 하는 것들이다. 글마다 다른 규칙을 단순하게 하나로 바꾸어서 생각해보자.

입에 잘 붙고 기억하기 쉽게 나는 이것을 '딴-딴-딴'이라고 부르겠다.

'딴-딴-딴'

이것이 변하지 않는 모든 글쓰기의 규칙이다. 물론 이는 이미 누구나 알고 있는, 글쓰기의 '처음-중간-끝'을 말한다. 모든 글은 처음-중간-끝으로 구성되어 있는데, 이를 리듬감 있게 '딴딴딴'이라고 명명한 것이다.

'딴딴딴'을 기억하면 글쓰기에 대한 두려움이 살짝 가벼워진다. 어떤 글쓰기도 결국 이것으로 정리할 수 있기 때문이다. 의식적으로도 3은 우리에게 익숙하고 편안하게 느껴지는 숫자이고, 세 칸을 채우는 연습을 몇 번 하면 곧 자동적으로 칸을 그리고 채우면서 개요를 짜기에도 쉽다.

그러나 '딴딴딴'으로 들어가기 위해서는 먼저 정리 정돈의 시간이 필요하다. 어지러진 방을 치운다고 생각해보자. 방 청소를 할 때 힘든 이유 중 하나는 정리할 물건을 넣을 수납공간이 넉넉하지 않다는 것이다. 수납공간에 여유가 있으면 큰맘 먹고 후다닥 물건을 치워 넣어버리면 끝이다. 그러나 현실은 비좁은 방과 이미 한도를 초과하여 넘쳐나는 물건들, 지름신으로 인해 새롭게 등장하는 물건들로 꽉 차서, 결국 정리를 포기하는 경우도 많다. 아예 방에 들어가고 싶지 않은 상태가 되는 것이다. 그러므로 청소를 하기 위해서는 버릴 것과 남길 것을 먼저 구분해서 정리해야 한다.

글쓰기도 마찬가지다. 아무리 '딴딴딴'을 생각하며 세 칸으로 정리하고 싶어도, 너무 많은 내용을 모두 욱여넣을 수는 없는 법이다. 그러므로 버릴 것과 쓸 것을 미리 정리해야 한다.

책을 읽고 독서록을 써야 한다면 먼저 읽었던 책의 내용을 하나하나 떠올려볼 것이다. 글을 쓰기 위한 재료를 찾는 과정이다. 생각나는 것을 다 쓸 수는 없다. 어지럽게 꺼내놓은 재료들 중에 무엇을 쓰고 무엇을 버릴지 선택해야 한다. 좋아하는 재료들을 다 넣었다고 음식이 맛있는 것은 아니며, 모든 내용을 다 넣으려는 것은 무모한 도전이다.

재료들을 취사선택하고 나면, 이제 글의 형식에 따라 어울리는 '딴딴딴'을 고민해보자. 많은 재료 중에 선택한 것을 어떤 순서로 넣어 풀어나갈 것인지 정하는 것이다. 물론 글의 종류에 따라 흐름을 생각해보면서 순서가 바뀔 수도 있다. 옷장에 옷을 정리하다가, 사용할 때의 편리성을 고려해 위치를 바꾸는 것과 비슷하다.

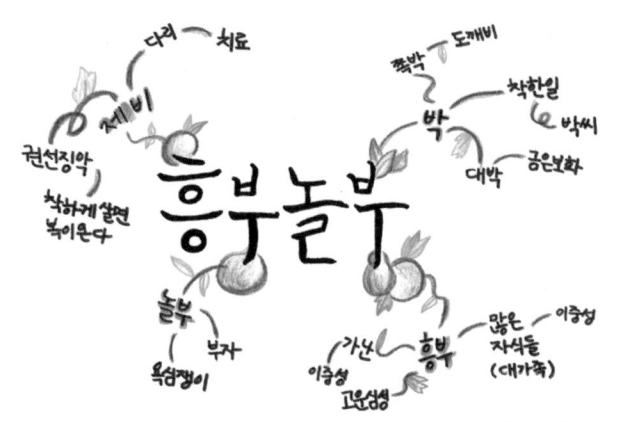

| 그림 1 | '딴딴딴'을 하기 위해 정리하는 방법. 〈흥부놀부〉 주제와 관련해서 글을 쓰려는 내용을 정리해본다.

| 그림 2 | '딴딴딴', 즉 처음-중간-끝에 들어갈 내용을 정리한다.

| 그림 3 | '딴딴딴'에 채워진 내용을 바탕으로 글을 써본다. 미리 개요표(딴딴딴)를 써놓았기 때문에 계획하지 않고 쓸 때보다 훨씬 수월하며, 글에도 일관성이 생긴다.

《흥부와 놀부》는 두 손이 넘어갈 정도로 자주 읽었던 책이다.

그렇게 여러 번 읽은 책인 만큼 처음 읽었을 때와 마지막 읽었을 때 들었던 생각이 일치하는 부분도, 상이한 부분도 있었다.

결론적으로는 '심성을 곱게 써야 좋은 일이 찾아오는구나. 마음 착하게 써야지'였다.

다만, 내가 처음 읽었을 때와 상이해진 점은 흥부에 대한 생각이다.

흥부와 놀부는 부유하고 못된 심성을 가진 놀부와 가난하지만 고운 심성을 가진 흥부 형제에 대한 이야기로 시작된다.

흥부는 가난한 데다가 자식도 많아 형인 놀부에게 구걸을 하지만, 그럴 때마다 놀부는 매몰차게 흥부를 뿌리친다.

어느 날, 다리 다친 제비를 흥부가 치료해줘서 그에 대한 보답으로 박씨를 물어다 주는데, 박이 영글어 갈라보니 금은보화가 나와 부자가 되었다.

이 소식을 전해 들은 욕심쟁이 놀부는 멀쩡한 제비를 잡아다가 다리를 부러뜨린 뒤 치료를 해줘 똑같이 박씨를 얻게 되는데, 금은보화가 아닌 도깨비들이 나타나 풍비박산이 난 이야기이다.

여전히 고운 마음은 복을 가져다준다는 생각에 변함이 없는데 과연 흥부는 제비 말고 가족들에게도 고운 사람이 맞았을까? 하는 생각이 든다.

가난을 인지하고 있는데도 자식을 무책임하게 많이 낳은 흥부가

과연 좋은 사람이기만 하였을까 하는 의문을 안고 간다.

2.
글은 질문에 대한 답이다

글이 말과 다른 점에 대해 가르칠 때, 나는 자신의 글을 읽는 사람이 이해하지 못해서 질문을 해야 하는 상황을 만들지 말라고 강조한다. 즉 글을 읽는 것만으로도 충분히 이해할 수 있게 써야 한다. 질문이 생기는 것은 읽는 사람을 배려하지 않고 썼기 때문이며, 이해할 수 있도록 충분히 설명하지 못했기 때문이다. 직설적으로 말하면 잘 못 썼다는 말이다.

그러니 무엇을 쓸지 고민하는 글쓰기 단계에서는 두 가지를 잊지 말아야 한다. 첫 번째는 내가 하고 싶은 말이 무엇인지이고, 두 번째는 글을 읽는 사람이 듣고 싶어 하는 이야기가 무엇인지이다. 무엇이 먼저고 무엇이 나중인지 순서를 매길 필요는 없다. 글의 종류에 따라 일기라면 내가 하고 싶은 말을 쓰면 되고, 학교에서 쓰는 보고문이나 기행문 같은 경우는 읽는 사람이 궁금해할 것을 쓰면 된다.

글의 종류가 무엇이든 쓰기 전에 미리 질문을 만들어보면 글쓰기가 수월해질 수 있다. 만약 독후감을 써야 한다면, 일반적인 독후감 형식으로 글을 쓸 수도 있지만 자연스럽게 질문하고 답하듯이 쓸 수도 있다. 내가 누군가의 독후감을 읽는다면 무엇이 궁금할지 써본다.

- 왜 읽었는지?
- 책의 어디가 재미있었는지? 그리고 그 이유는?
- 책을 읽고 무슨 생각을 했는지?
- 책의 세부적인 내용에 대한 생각은?
  (예: 흥부와 놀부가 다시 사이가 좋아질 수는 없는지)

이렇게 여러 가지 질문을 생각해볼 수 있다. 이런 질문은 독자가 궁금해할 내용에 대한 질문이다. 이제 내가 하고 싶은 말은 없는지 생각해보자.

- 흥부처럼 착하게 살아라.
- 놀부 부인이 흥부를 밥주걱으로 뺨을 때리던 장면에서 내가 웃은 이유는?

● 자식을 너무 많이 낳은 흥부에게 한마디 해주고 싶다.

● 정말 착하게 살면 복을 받는다고 생각하는지, 다른 사람들의 생각이 궁금하다.

이렇게 독자가 궁금해할 질문과 내가 하고 싶은 말을 정리했다면, 이제 이것을 '딴딴딴'에 넣어보자. 어떤 순서로 넣을지는 각자 흐름을 생각해서 선택하면 된다.

처음	중간	끝
• 왜 책을 읽었는지 • 흥부처럼 착하게 살아라	• 책의 재미있는 부분과 그 이유 • 놀부 부인이 밥주걱으로 흥부의 뺨을 때리던 장면을 보고 느낀 점	• 책을 읽고 무슨 생각을 했는지 • 흥부와 놀부가 다시 사이가 좋아질 수는 없는지

예) 이 책은 어린 시절의 기억을 다시 떠올리고 싶어 읽게 되었다. 흥부처럼 착하게 살라는 교훈을 주는 내용이지만 이야기가 동화적이어서 별 감흥이 없었던 기억이 난다.

가장 기억에 남는 부분은 놀부 부인이 밥주걱으로 흥부의 뺨을 때리던 장면이다. 밥주걱으로 뺨을 맞으면서도 기분이 나쁜 게 아니라 밥알을 먹을 수 있어서 좋아하는 흥부의 모습이 이해하기 어려웠기 때문이다. 또 이 책의 주제는 권선징악이지만 놀부가 반성하고 흥부와 다시 친해지는 방법을 제시했다면 요즘처럼 서로 싸움이 많은 때에 화해의 기술에 대해 배울 수 있는 책이 되지 않을까 생각한다.

내게는 착한 일을 하면 정말 복을 받는 것인지 아직도 완전한 믿음이 없다. 그러나 착하게 살고 싶다는 생각은 해본다. 복을 받을 것 같아서가 아니라 그런 사람을 보면 기분이 좋고, 나 역시도 다른 사람에게 기분이 좋은 사람이 되고 싶기 때문이다.

처음, 중간, 끝의 흐름을 보여주기 위해 쓴 초고이다. 개요표를 짠 순서대로 연결시켜보았다. 이렇게 질문을 만들고, 하고 싶은 말을 만든 다음 질문에 답하듯이 쓴 것만으로도 충분히 한 편의 독후감이 된다.

글은 누군가의 질문에 답하는 것이다. 누가, 왜 이런 질문을 하는지를 생각해보고, 질문에 어떤 답을 해야 하는지, 또 질문에 대해 내가 하고 싶은 말은 없는지 생각해보자.

처음 글을 쓰는 어린 학생들에게는 글쓰기가 어떤 것인지, 또 누구라도 글쓰기를 배우면 글을 잘 쓸 수 있다는 것을 알려주기 위해 질문법을 사용한다. 미리 준비한 질문지에 답을 하도록 하고, 질문을 빼고 자신이 쓴 문장을 연결시켜보게 한다. 그러면 아이들은 한 줄도 쓰기 힘들다고 끙끙거리며 앓는 소리만 내던 자신이 어느새 A4 반 장을 어렵지 않게 썼다는 것에 놀란다. 또 시간이 지나 인쇄물로 된 자신의 글을 읽게 되면 자랑스러운 마음을 갖게 된다.

글쓰기가 힘들다면 처음부터 무작정 쓰지 말고 먼저 질문을 해보자. 질문하기가 힘들다면 다른 사람들의 글을 읽으며 어떤 질문에 답을 한 것인지 찾아보도록 하자.

---

1. 자신을 잘 대변할 수 있는 자신의 습관에 대해 써보시오.
(자신의 습관 중 가장 내세울 수 있는 부분)
 어떤 일이 있어도 아침 여섯시에 일어나기.
 아침에 일찍 일어난 새가 벌레를 잡는다는 말과 성공한 사람들의 공통적인
 습관이 아침형 인간이라는 말을 들은뒤로 무슨 일이 있어도
 항상 아침 여섯시에 일어나는 습관을 유지해왔습니다.

2. 습관이 자신에게 주는 의미에 대해 써보시오.
 남들에게 보여지 않는 부분도 진솔하고 성실히 임한다는 것.
 자신과의 약속을 잘 지키고 책임감이 있는 사람이라는 점을 증명해주는 부분이고
 모든 사람들에게 공통적으로 주어진 24시간을 보다 길고 효율적이게
 사용한다는 생각이 들어 자존감 지킴이로서 크게 한 목을 합니다.

3. 자신이 이루고 싶은 꿈에 대해 써보시오.
 신문방송학과에 진학하여 여러가지 글을 쓰고 싶습니다.

4. 자신이 이루고 싶은 꿈에 대한 노력을 써보시오.
 일주일에 적어도 책 한권 이상 읽고, 독후감을 적습니다.
 책을 읽으며 공감이 가는 부분이나 글의 짜임이나 마음에 드는 문장을 옮겨적는
 필사 노트를 만든지 삼년이 되었고, 현재까지 꾸준히 진행중입니다.

5. 자신의 습관을 이용하여 꿈을 이루기 위한 해야 할 일을 써보시오.
 신문 방송 학과에 진학하여 여러가지 글을 쓰고 향후에 기자라는 꿈을
 이루려면 체력 또한 좋아야한다고 생각합니다.
 따라서, 아침 여섯시에 일어나는 것 뿐 아니라 아침 운동을 할 것입니다.

| 그림 4 | 자신을 소개하는 글을 쓸 때 막막하다면 이렇게 질문을 받는다고 생각하고, 그에 대한 답을 채워보자.

1. 자신을 잘 대변할 수 있는 자신의 습관에 대해 써보시오.

   (자신의 습관 중 가장 내세울 수 있는 부분)

   어떤 일이 있어도 아침 여섯 시에 일어나기

   아침에 일찍 일어나는 새가 벌레를 잡는다는 말과 성공한 사람들
   의 공통적인 습관이 아침형 인간이라는 말을 들은 뒤로 무슨 일
   이 있어도 항상 아침 여섯 시에 일어나는 습관을 유지해왔습니다.

2. 습관이 자신에게 주는 의미에 대해 써보시오.

   남들에게 보이지 않는 부분도 진솔하고 성실히 임한다는 것. 자
   신과의 약속을 잘 지키고 책임감이 있는 사람이라는 점을 증명해
   주는 부분이고, 모든 사람들에게 공통으로 주어진 24시간을 보다
   길고 효율적이게 사용한다는 생각이 들어 자존감 지킴이로서 크
   게 한몫을 합니다.

3. 자신이 이루고 싶은 꿈에 대해 써보시오.

   신문방송학과에 진학하여 여러 가지에 대해 글을 쓰고 싶습니다.

4. 자신이 이루고 싶은 꿈에 대한 노력을 써보시오.

   일주일에 적어도 책 한 권 이상 읽고, 독후감을 적습니다.

책을 읽으며 공감이 가는 부분이나 글의 짜임이나 마음에 드는 문장을 옮겨 적는 필사 노트를 만든 지 삼 년이 되었고, 현재까지 꾸준히 진행 중입니다.

5. 자신의 습관을 이용하여 꿈을 이루기 위해 해야 할 일을 써보시오.
신문방송학과에 진학하여 여러 가지 글을 쓰고 향후에 기자라는 꿈을 이루려면 체력 또한 좋이야 한다고 생각합니다. 따라서 아침 여섯 시에 일어나는 것뿐 아니라 아침 운동을 할 것입니다.

어떤 일이 있어도 아침 여섯시에 일어나기.
아침에 일찍 일어난 새가 벌레를 잡는다는 말과 성공한 사람들의 공통적인 습관이 아침형 인간이라는 말을 들은뒤로 무슨 일이 있어도 항상 아침 여섯시에 일어나는 습관을 유지해왔습니다.
남들에게 보여지지 않는 부분도 진솔하고 성실히 임한다는 것.
자신과의 약속을 잘 지키고 책임감이 있는 사람이라는 점을 증명해주는 부분이고 모든 사람들에게 공통적으로 주어진 24시간을 보다 길고 효율적이게 사용한다는 생각이 들어 자존감 지킴이로서 크게 한 몫을 합니다.
신문방송학과에 진학하여 여러가지 글을 쓰고 싶습니다.
일주일에 적어도 책 한권 이상 읽고, 독후감을 적습니다.
책을 읽으며 공감이 가는 부분이나 글의 짜임이나 마음에 드는 문장을 옮겨 적는 필사 노트를 만든지 삼년이 되었고, 현재까지 꾸준히 진행중입니다.

|그림 5| 질문에 답을 한 후 질문을 지우고 자연스럽게 연결하면 한 편의 글이 완성된다.

어떤 일이 있어도 아침 여섯 시에 일어나기.

아침에 일찍 일어나는 새가 벌레를 잡는다는 말과 성공한 사람들의 공통적인 습관이 아침형 인간이라는 말을 들은 뒤로 무슨 일이 있어도 항상 아침 여섯 시에 일어나는 습관을 유지해왔습니다. 남들에게 보이지 않는 부분도 진솔하고 성실히 임한다는 것.

자신과의 약속을 잘 지키고 책임감이 있는 사람이라는 점을 증명해주는 부분이고, 모든 사람들에게 공통으로 주어진 24시간을 보다 길고 효율적으로 사용한다는 생각이 들어 자존감 지킴이로서 크게 한 몫을 합니다.

신문방송학과에 진학하여 여러 가지 글을 쓰고 싶습니다.

일주일에 적어도 책 한 권 이상 읽고, 독후감을 적습니다.

책을 읽으며 공감이 가는 부분이나 글의 짜임이나 마음에 드는 문장을 옮겨 적는 필사 노트를 만든 지 삼 년이 되었고, 현재까지 꾸준히 진행 중입니다.

신문방송학과에 진학하여 여러 가지 글을 쓰고 향후에 기자라는 꿈을 이루려면 체력 또한 좋아야 한다고 생각합니다. 따라서 아침 여섯 시에 일어나는 것뿐 아니라 아침 운동을 할 것입니다.

첫 문장으로 올킬하라

국어시간에 선생님이 서양과 동양의 말하기 방식이 다르다는 이야기를 하셨던 기억이 난다. 단락의 짜임에 대해 설명하면서, 두괄식 구성에 대해 이야기해주셨다. 그리고 결론부터 먼저 이야기하는 두괄식 이야기 방식이 듣는 사람이 이해하기에 좋다고 설명하셨다. 나는 사실 그 전에는 두괄식, 미괄식 등에 대해 생각해본 적이 없었다. 그리고 무슨 이야기를 하느냐에 따라 달라진다는 생각에, 잘 와닿지 않았다. 그러다 글을 쓰면서 비로소 두괄식 구성이 효율적이라는 것을 알게 되었다.

글쓰기 수업에서는 두괄식 구성을 선호하는 경우가 많다. 특히 논술의 경우는 더욱 그렇다. 주제에 해당하는 자신의 생각을 먼저 쓰고,

그것을 살려줄 수 있는 뒷받침 문장을 부연 설명처럼 쓰게 하는 것이다. 그러면 소주제문만 읽어도 글의 흐름을 알 수 있어 좋다.

글을 쓸 때 이렇게 주제의 위치를 생각하면 글의 종류에 따라 적절하게 주제의 위치를 달리할 수 있을 것이다.

두괄식	글의 주제(결론)가 앞에 있음.
미괄식	글의 주제(결론)가 마지막에 있음.
중괄식	글의 주제(결론)가 가운데에 있음.
양괄식	글의 주제(결론)가 앞과 뒤에 있음.

자신의 의도를 정확히 전달하기 위해서는 두괄식으로 쓰는 것이 좋다. "떡볶이는 맵지만 맛있어"라는 문장을 생각해보자. 매운 건 싫어하지만 떡볶이가 맛있어서 좋다는 의미로 해석할 수도 있고, 떡볶이가 맵기 때문에 맛있다는 말로 해석할 수도 있다. 만약 "나는 매운 것을 못 먹는데 떡볶이는 좋아"라는 문장을 앞에 넣어주었다면 훨씬 쉽게 이해할 수 있을 것이다.

그냥 알아서

제발 꺼져라.

– 하상욱 단편시 《불 안 끄고 침대 누움》[4]

---

4 하상욱 인스타그램에서 인용. http://www.instagram.com/type4graphic/?hl=ko

위의 시를 보면 처음 읽을 때는 무슨 말인가 싶지만, 마지막에 나온 제목을 보면 빵 터지면서 이해가 된다. 이런 것은 미괄식 구성이 주는 매력이다. 미괄식으로 이야기를 하면 상대방은 곰곰이 생각하고, 기대하며 듣게 되어 뒤에 나온 결론이 더욱 크게 와 닿기도 한다.

두괄식을 강조하다 보면 모든 것을 결론부터 써야 한다고 생각하기 쉽다. 그러나 결론을 알고 나면 맥이 빠져 전체를 읽을 필요를 못 느끼게 되는 글도 있고, 문학작품 같은 경우에는 글의 흥미를 이끌어가기 위해 미괄식을 주로 선택히기도 한다. 그러나 어떤 방식이든 글을 잘 써야 한다는 것이 전제가 되어야 한다. 끝까지 읽고 싶도록 글 자체에 유혹하는 힘이 있어야 하기 때문이다. 당연히 선택은 각자의 몫이다.

미괄식 문장은 많은 매력을 가지고 있지만, 여기에서는 문학적인 글쓰기가 아니라 실용적인 글쓰기를 주로 이야기하고 있으므로 가볍게 지나가는 것을 이해하기 바란다.

양괄식은 앞에서 언급했던 결론을 마지막에 한 번 더 써주는 것이다. 긴 글을 읽다 결론을 잊을까 봐 다시 써준다는 배려의 의미도 있지만, 강조하는 의미도 있다. 어떤 경우 정리의 개념으로, 즉 이해도를 높이기 위해 선택하기도 한다. 중요한 것은 앞에 제시한 문장을 그대로 똑같이 반복하면 안 된다는 것이다. 중복되지 않도록 의미는 같더라도 표현은 달라야 한다.

중괄식은 쓰는 사람도 글을 구성할 때 앞뒤 부분의 흐름을 생각해야 한다는 점에서도 힘들지만, 읽는 사람도 집중해서 읽지 않으면 주제를 찾지 못하는 경우가 있다. 상대적으로 가독성이 떨어지는 방법이다. 우리가 흔히 읽는 글들은 두괄식이나 미괄식 구성인 경우가 많아서, 많은 이들이 무의식적으로 중간 부분은 가볍게 읽고 지나갈 확률이 높다. 따라서 중괄식 구성은 크게 권하지 않는 유형이다.

결론은 글쓰기 실력이 향상되어 능숙해지기 전까지는 두괄식 구성을 택하는 것이 글을 풀어나갈 때 수월하다는 것이다. 두괄식으로 첫 문장부터 유혹하는 글쓰기를 해보자.

첫 문장은 질문에서 시작된다

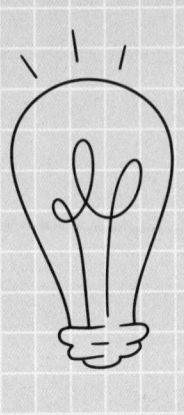

'교육의 가장 중요한 목적 가운데 하나가 학생들에게 생각하는 방법을 가르쳐주는 것'이라고 하지 않는 교육 제도는 이 세상 어디에도 없을 것이다. 그렇다면 정말로 학교에서는 학생들에게 생각하는 방법을 가르치고 있을까?

어떤 조리사가 파스타 요리법밖에 모른다면 과연 위대한 주방장이라고 할 수 있을까? 왼쪽 앞바퀴밖에 없는 자동차가 있다면 그 차를 쓸모 있는 차라 말할 수 있을까? 파스타나 왼쪽 앞바퀴 자체에 문제가 없다고 해서, 그걸로 충분할까?

'사고'를 정규 과목으로 개설하여 교육을 하고 있는 학교는 얼마나 될까? 그렇게 하고 있지 않다면 그 이유는 뭘까? 중요하고도 기초적인 기술인 '사고'에 대해서 왜 가르치지 않는 것일까?

이 질문에 대해 그들은 다음과 같이 대답할 수 있을 것이다.

1. 사고법은 교육에서 가르친 적이 없다. 따라서 오늘날에도 가르칠 필요가 없다.

– 교육은 전통이라는 덫에 갇혀 있다. 결정을 내리는 사람들은 과거에 기초한 경험과 가치관을 갖고 있다. 그러나 세상은 계속해서 변화하고 있다.[5]

> **팁**　질문으로 시작하는 첫 문장 쓰기다. 사고법과 교육의 관계를 요리나 자동차에 비유하여 이해하기 쉽게 썼다. 연속된 질문이 주제에 대해 생각하게 하며, 번호를 붙여 질문한 내용에 차례대로 답하는 글이다.

> **따라 쓰기 팁**　논의하고자 하는 것을 질문으로 늘어놓고 답을 하듯이 차례대로 써보자. '자신만의 시험 공부법'처럼 자신이 잘 아는 것을 주제로 선택한 후 해당하는 질문에 조목조목 답하는 방식으로 써본다.

5　에드워드 드 보노, 《드보노 생각의 공식》, 더난출판사, 2010, 20쪽.

3부

문장력을 키우는
마법의 키워드

― 필사, 핵심어, 육하원칙, 강제결합

I.
[마법의 키워드 1]
필사 : 좋은 문장을 베껴 쓰는 습관

필사는 사전적인 의미로만 생각한다면 누군가의 글을 베껴서 쓰는 것을 말한다. 베낀다는 말의 어감이 긍정적인 느낌이 아니어서인지, 필사를 중요하게 생각하지 않는 사람도 있다. 그러나 베껴 쓰기는 글쓰기 향상에 좋은 연습 방법으로, 많은 사람들이 인정하는 방법이다.

거울 효과(Mirror effect)라는 것이 있다. 거울을 보는 것처럼 상대방의 표정이나 행동을 보며 자신도 그런 표정이나 행동을 한 것처럼 느낀다는 것이다. 이 이론에 따르면 어린아이들은 부모의 표정과 말을 따라하면서 자연스럽게 말과 상황에 따른 감정 표현을 배운다고 한다. 필사를 권하는 데는 다양한 이유가 있지만, 거울 효과가 그중 주요한 근거가 될 수 있다. 가장 빠르게 다양한 사람들의 글쓰기에 대해 배울 수 있으며, 문체와 어휘만이 아니라 글에 담긴 소중한 가치들에 대해서도 배울 수 있는 방법이다. (조금 다른 이야기지만 인생의 꿀팁을 알려주자면 좋아하는 사람이 있을 경우 자연스럽게 그 사람의 행동이나 표정을 따라 하게 되면 친근감을 느껴 호감도를 높일 수 있다고 한다. 그러니 너무 티 나지 않게 따라 해보면서 거울 효과를 느껴보시길.)

설령 당장 글을 쓰기 위한 아이디어나 글감이 떠오르지 않는다고 하더라도 실망할 필요가 없다. 필사를 하다 보면 마음이 안정되고 외부의 정보를 받아들일 최적의 상태가 된다. 그 상태에서 당신이 당장 써야 할 본문 내용과 관련된 독서를 시작해도 좋다. 독서를 통해 당신 안으로 들어온 지식을 글쓰기의 재료로 삼아 당신의 글을 다시 써나가면 되기 때문이다.

필사는 독서와 창의적인 글쓰기를 이어주는 징검다리 역할을 한다. 독서 후에 하루만 지나도 70퍼센트 이상이 기억에서 사라진다. 필사를 하면 그중 50퍼센트 이상을 당신의 기억에 붙잡아둘 수 있다. 그리고 당신이 글쓰기를 시작하면, 그 기억들이 하나둘씩 글감을 내어줄 것이다.[6]

필사를 쓰기를 위한 활동으로만 생각하는 사람들에게 들려주고 싶은 글이다.

필사는 쓰기와 읽기를 이어주는 징검다리다. 독서 후의 기억력을

---

6 이세훈, 《선택적 필사의 힘》, 북포스, 2017, 23쪽.

높일 수 있다는 점 또한 매력적인 부분이라고 생각한다. 한 번 읽은 책의 글귀를 기억할 수 있게 하며, 읽기와 쓰기에 모두 도움이 되는 일석이조의 방법이라 생각한다.

탐나는 필사를 위한 팁

1) 책을 읽으며 탐나는 문장을 찾는다

만일 본인이 문장을 고르는 데 어려움이 있다면 시판되고 있는 필사 책을 사서 제시된 좋은 문장으로 연습하며 시작하는 것도 좋다.

2) 필사하려고 하는 문장을 소리 내어 읽어본다

소리 내어 글을 읽는 것을 낭독이라고 한다. 낭독은 뇌의 활성화를 높이는 놀라운 힘이 있다. 낭독을 하는 동안 뇌의 70퍼센트가 활성화된다고 하니, 글을 읽고는 있지만 독해가 어렵다면 낭독을 해보는 것도 도움이 될 것이다. 소리 없이 묵독으로 읽을 때보다 문장의 의미와 구조가 더 잘 파악될 것이다.

효과를 높이기 위해서는 혼자 읽는 것보다 누군가에게 읽어주는 것이 좋다고 한다. 수다를 떨 때 누군가 맞장구를 쳐주면 이야깃거리가 새록새록 생겨나는 것처럼, 읽는 문장에 대한 집중력이 더 높아지기 때문이다. 다 읽고 나서 친구와 필사하려는 문장에 대해 이야기를 나누어본다면 금상첨화이다.

3) 필사하려는 문장을 평가해본다

여기서 평가란 좋고 나쁨을 따지는 것이 아니라 어떤 부분에서 좋은지, 아쉬운 부분은 어떤 것인지 등 필사를 하려는 이유와 해당 글에 대해서 생각해보는 것이다. 그런 부분을 찾아야 필사 후 나만의 글쓰기 노하우로 남길 수 있다.

4) 필사한다

이왕이면 필사 전용 노트를 마련해 한 권의 책을 만드는 기분으로 채워본다. 성취감도 생기고, 두고두고 다시 읽어볼 수도 있다. 창의적인 일을 하는 사람들은 영감을 얻고자 할 때 필사노트를 다시 읽어본다고 한다.

5) 필사한 문장을 다시 읽어본다

독서법에서도 재독, 즉 다시 읽기가 중요하다. 어떤 사람이든 한 번 읽은 것만으로 그 글을 이해하고 오랫동안 기억하기까지 하는 건 쉬운 일이 아니다. 또 책을 읽고 이해하는 능력도 상황에 따라, 시간이 지남에 따라 달라진다. 그러므로 필사를 하는 것으로 끝이 아니라 한두 번이라도 필사 후에 다시 읽어보는 시간이 필요하다.

6) 필사 글의 방식대로 자신의 글을 써본다

영어를 배울 때 문장의 형식에 대해 이해하고 나면 배운 것을 익히기 위해 문장의 형식은 유지하고 단어를 바꿔가며 영작을 해보는 연습을 하게 된다. 마찬가지로 필사 후에도 자기만의 방식으로 제시 글의 형식을 따라 써보도록 하자. 이런 연습은 필사한 문장을 자신의 것으로 만들어줄 것이다.

| 그림 6 | 필사하고 싶은 문장을 찾아 필사한 후 자신만의 쓰기를 통해 문장 쓰기를 익혀본 글이다.

고인다는 건, 강제로 머무는 것.

머무는 일은 떠나지 않겠다는 약속이지만,

고임은 떠나지 못한다는 자백이다.

⇨ 야자라는 건, 강제로 머무는 것.

자율학습은 자유라는 약속이지만,

야자라는 건 강제라는 자백이다.

2.
[마법의 키워드 2]
핵심어 : 좋은 문장을 넘어 위대한 문장으로

글을 쓴다는 것은 어떤 면에서 요리와 매우 흡사하다. 과정도 그렇지만, 비슷한 재료와 같은 조리법으로 음식을 해도 맛이 다르고, 시각적인 효과도 매우 다르기 때문이다.

요리에 손맛이 있다면 글에는 글맛이 있다. 같은 소재로 글을 써도 각양각색의 다른 느낌을 가진 글들이 탄생한다. 음식을 할 때 수많은 재료 중에 핵심 재료가 있고 없어도 되는 재료가 있는 것처럼, 글쓰기 역시 마찬가지다. 핵심어를 찾는 연습이 중요하다.

핵심어는 글을 쓰기 위한 소재, 제재라고 생각해도 좋다. 글을 쓰기 위해서는 무엇을 쓸지 주제를 정해야 한다. 주제를 정하고 나면 주제를 말하기 위해 어떤 것들을 가져다 글을 쓸지 소재를 정해야 한다. 이때 처음부터 문장을 떠올리는 것이 아니라 어휘 하나하나를 떠올리며 어떻게 문장으로 어떻게 쓸지 고민하게 된다. 말을 하든, 글을 쓰든, 생각을 하든 핵심어를 중심으로 시작하는 것이다. 음식을 할 때 핵심 재료가 중심이 되는 것과 같다. '천 리 길도 한 걸음부터'라는 말처럼 긴 글이라고 해도 하나의 단어(핵심어)가 그 시작이 된다.

〈흥부 놀부〉를 읽고 글을 쓰려고 한다면 우리는 무엇을 쓸지, 어떻게 쓸지 고민한다. 일단 권선징악이라는 주제로 글을 쓰려고 결정했다고 하자. 권선징악이라는 주제를 말하기 위해 책에 있는 어떤 이야기를 가져와야 하나 고민하게 될 것이다. 먼저 내용 중에 어떤 사건들이 있었는지 생각해볼 것이다. 놀부 부인이 밥주걱으로 흥부를 때린 일, 흥부를 내쫓은 일, 흥부가 제비 다리를 고쳐준 일, 제비가 강남에서 박씨를 가져다준 일……. 이렇게 떠오르는 사건들을 써놓고 나서 고르면 되는데, 이 '사건'들을 단어로 표현한 것이 핵심어가 될 수 있다. 정리해보면 밥주걱, 퇴거명령, 선행, 선물 등이 될 것이다. 머릿속에서 뭘 쓸까 궁리하다가 '아, 맞다! 놀부와 부인이 흥부를 밥주걱으로 때렸지'라고 생각했다면 아마도 순간적으로 '밥주걱'이 먼저 떠오르고, 그다음에 때린 사건을 기억할 것이다.

여기서 중요한 것은 생각나는 것이 단어의 형태인지 문장의 형태인지가 아니라 쓸 거리를 찾기 위해 자신이 알 수 있도록 핵심어로 정리하는 것이다. 핵심어가 글쓰기에서 중요한 이유는 떠올리는 순간 잠재되어 있던 글감을 떠올릴 수 있기 때문이다. 글을 쓰기 위한 소재들을 떠올리는 것은 음식을 하기 위해 필요한 재료들을 갖추어두는 것과 같다. 그중에서 필요한 것과 필요하지 않은 것을 나누고, 핵심적인 것을 간추려 미리 준비하는 과정이다.

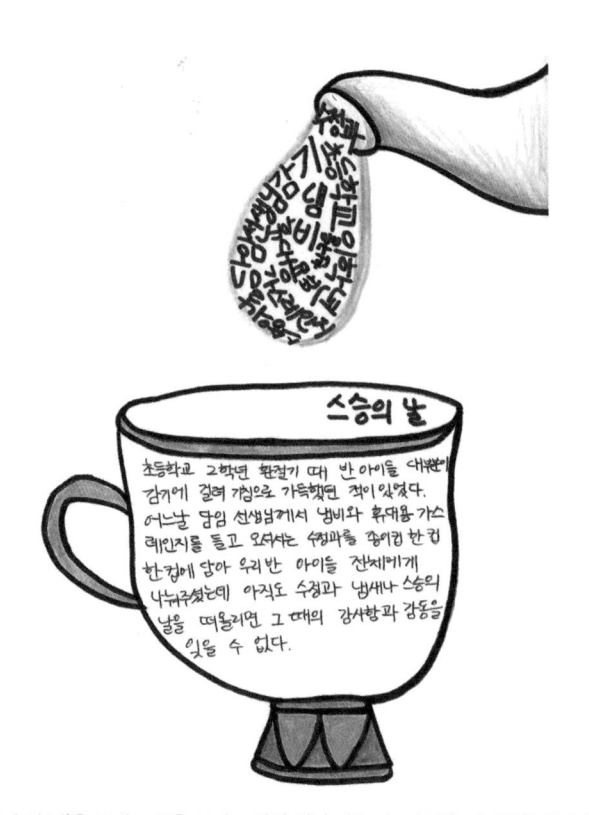

| 그림 7 | '스승의 날'을 주제로 글을 쓰려고 하면 먼저 떠오르는 수많은 단어들을 생각해보게 될 것이다. 그중 글에 가져다 쓸 내용을 선별해서 글을 쓰게 된다.

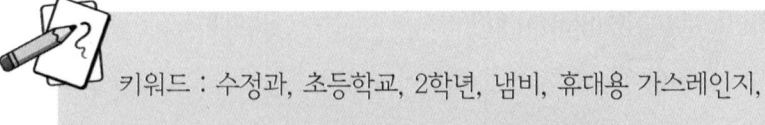

키워드 : 수정과, 초등학교, 2학년, 냄비, 휴대용 가스레인지,

　　　　담임 선생님, 감기, 스승의 날

스승의 날

초등학교 2학년 환절기 때 반 아이들 대부분이 감기에 걸려 기침으로 가득했던 적이 있었다.

어느 날 담임 선생님께서 냄비와 휴대용 가스레인지를 들고 오셔서는 수정과를 종이컵 한 컵 한 컵에 담아 우리 반 아이들 전체에게 나눠주셨는데, 아직도 수정과 냄새나 스승의 날을 떠올리면 그때의 감사함과 감동을 잊을 수 없다.

3.

육하원칙 : 글쓰기의 기초체력을 완성하는 힘

　친숙한 것은 오히려 종종 그 존재감을 잘 느끼지 못하게 되는 법이다. 육하원칙이 그렇다. 초등학생 때부터 배워서 알고 있지만, 때로는 왜 배웠는지도 기억이 나지 않고 딱히 어디에 적용해서 써본 기억도 없을 것이다. 그만큼 '누가, 언제, 어디서, 무엇을, 어떻게, 왜'의 육하원칙은 문장과 글의 가장 기본이 되는 요소이다. 특히 문제해결을 하는 방식의 글쓰기나 사실적인 내용을 바탕으로 쓰는 글에는 더욱 빼놓을 수 없다.

육하원칙에 적합한 주제들

- 현장보고학습, 체험학습에 대한 글쓰기

- 겪은 일을 쓸 때

- 독후감

육하원칙을 사용하는 글쓰기의 매력은 절차에 따라 쓰기만 하면 완성된다는 것이다.

육하원칙 글쓰기의 절차

1) 육하원칙에 맞춰 내용을 정리한다.

2) 정리된 내용 중 보충하여 설명이 필요하거나, 자료가 필요한 부분을 찾는다.

3) 설명 내용과 자료를 정리한다.

4) 순서에 따라 준비한 설명 내용과 자료를 덧붙여 글을 완성한다.

5) 퇴고한다.

누가	나와 친구 세 명이
언제	9월 7일
어디서	혜성이네 집에서
무엇을	케이크를

어떻게	직접 만들었다
왜	선생님의 생일을 축하하기 위해

육하원칙을 사용하기 위해 이런 표로 정리를 해놓으면 어떤 내용이 더 보충되어야 하는지 알기 쉽다. 일반적인 경우에는 '무엇을'에 해당되는 것, 즉 어떤 케이크인지가 궁금할 것이다. 생크림인지, 버터 케이크인지 1단인지, 2단인지 등이다. 또 '어떻게'라는 부분에 해당하는 만드는 과정도 궁금할 것이다. 직접 빵까지 만들었는지, 생크림은 어떻게 만들었으며 장식을 어떻게 했는지 등이다. 그리고 '왜'라는 부분에서 어떤 선생님인지, 굳이 많은 선물 중에 케이크를 고른 이유가 무엇인지 등이 궁금할 것이다.

이제 이런 궁금한 사항을 보충하여 정리해서 써본다. 육하원칙을 모두 갖추면 적어도 읽는 사람이 무슨 말을 하는지 모르겠다며 질문하는, 이해하기 힘든 글이 되지는 않는다.

나와 친구 세 명이 7일 혜성이네 집에서 딸기를 얹은 생크림 케이크를 만들었다. 빵을 직접 만들기엔 너무 과정이 힘들 것 같아서 주변 빵집에서 카스테라를 사고, 생크림 만드는 방법을 유튜브에서 보면서 딸기와 생일축하 카드를 올린 케이크를 만들었다. 이 케이크는 작년에 담임이셨던 선생님의 생일 서프라이즈 케이크로 친구들이랑 모여서 만든 것이다.

기사글이 아니더라도 육하원칙을 이용하면 절차에 따라 정리한 후 쓰기만 하면 되기 때문에 글을 쓸 때 뭘 써야 할지에 대한 고민을 덜 하게 된다. 생각이 정리되지 않을 때에도 육하원칙으로 정리한 후 보충 자료를 더해 쓰기 시작하면 수월해지는 장점이 있다.

나와 친구 세 명이 7일 혜성이네 집에서 딸기를 얹은 생크림 케이크를 만들었다. 빵을 직접 만들기엔 너무 복잡해서 주변 빵집에서 카스테라를 사고, 생크림 만드는 방법을 유튜브에서 보면서 딸기와 생일축하 키드를 올린 케이크를 만들었다. 이 케이크는 작년에 담임이셨던 선생님의 생일 서프라이즈 케이크로 친구들이랑 모여서 만든 것이다.

케이크를 보신 선생님은 살짝 눈물까지 흘리며 기뻐해주셨고, 그런 선생님 모습에 나도 친구들도 기분이 좋았다. 선생님을 즐겁게 해드리자고 준비한 일인데 우리의 마음이 기뻐지는 것을 느꼈다. 친구들과 서로 이야기를 나누다 보니 수업시간에 선생님이 나누고 사는 사람은 마음이 부자이며 행복하게 사는 법을 아는 사람이라는 말이 생각났다. 나누는 삶을 살고 싶다는 생각을 하게 된 날이다.

이렇게 뒷이야기까지 덧붙인다면 더 밀도 있게 글을 완성할 수 있다.

4.
[마법의 키워드 4]
강제결합 : 창의성과 고정관념의 이중주

생각과 느낌은 반드시, 객관적인 사실이나 물체를 빌어 표현해야 감동을 줄 수 있다. 글을 쓰는 데 깊이 새겨야 할 원칙이다.[7]

문장가인 장하늘 선생님의 이 글귀는 가끔 글을 어떻게 써야 할지, 뭘 써야 할지 모를 때 내가 떠올리는 화두 같은 문장이다. 글이 잘 안 써지거나, 아무리 써도 어디선가 본 듯한 문장들이 튀어나올 때 떠올리곤 한다. 그러나 처음부터 이 글귀가 도움이 되어 글이 쓱쓱 잘 써진 것은 아니다. 그럴 리가 없다는 것은 누구나 알 것이다. 좋다고 알려져 있는

---

7   장하늘, 《글 고치기 전략》, 다산초당, 2006, 32쪽.

방법들을 막상 해보면 "아, 이건 그 사람한테만 해당되는 거지, 나에게는 맞지 않는구나" 하는 생각만 남을 것이다.

과연 내가 말하고자 하는 생각과 느낌을 어떻게 표현하면 잘 전달될까? 어떤 사실이나 물체에 빗대어 표현해서 쓸 수 있을까? 마치 명상을 하듯 가만히 앉아 이런 생각을 하노라면 정작 글쓰기는 사라지고 오만 가지 생각이 떠오르기 시작한다. 어제 하지 못한 일, 오늘 점심 약속에는 뭘 먹을지, 그러다 약속 장소에 대한 추억이 갑자기 떠오르기 시작하고, 또 그 장소에서 있었던 어떤 사람과의 추억도 떠오르고, 그러다가 그때 느꼈던 감정이 다시 느껴지면서 그날처럼 알 수 없는 감정이 스멀스멀 내 안에서 재생되는 것이다. 그러다 이러면 안 되겠다 싶어 눈을 떠보면, 한 글자도 쓰지 못한 빈 화면만 만나게 된 적이 한두 번이 아니다.

결국 엄청난 대가가 한 말이라도 내 것으로 만들기 위해서는 다른 방법이 필요하다는 것을 깨닫게 된다. 그래서 나만의 것이란 실패를 거듭한 후에 탄생하는 것인가 보다. 글쓰기는 그래도 이렇게 저렇게 따라 하다 보면 앞서 말한 것처럼 실패를 경험 삼아 나만의 방법을 찾을 수 있을 테니 다행이다.

1) 마음에 드는 글의 형식 따라 해보기

"태양 아래 새로운 것은 없다"라는 말을 들어본 적이 있을 것이다.

땅 위에 존재하는 모든 것은 어떤 식으로든 과거에 존재했던 것들로부터 변화하고 발전한 것이라는 말이다. 글도 그렇다. 이야기의 플롯만을 생각한다면 수많은 이야기들이 같은 플롯을 가지고 있다는 것을 알 수 있다. 크게는 사랑, 이별, 죽음과 같이 큰 주제로 분류할 수 있기 때문이다. 그러나 큰 주제는 같다고 해도 창의적인 색을 입히면 서로 다른 이야기가 되어 우리를 즐겁게 한다.

창의적인 글을 쓰기 위해서 골방에 틀어박혀 고민할 필요는 없다. 내가 좋아하는 글, 잘 썼다고 알려진 글들을 읽어보고 따라 써보자. 필사 부분에서 언급했던 것처럼 해당 글의 형식을 따라서 글을 써보자. 이럴 때 "모방은 창조의 어머니다"라는 말을 사용할 수 있을 것이다. 지금 읽은 이 글에 나온 두 문장도 새롭게 바꿔보자. '필사는 글쓰기의 어머니다.'

창의성을 키우기 위한 첫 번째 전략은 이미 알고 있는 필사다. 이미 알고 있어도 중요하기에 다시 한번 강조한다.

2) 강제 결합으로 고정적인 사고에서 벗어나보기

강제 결합은 창의적인 발상법의 하나다. 고정된 생각에서 벗어나지 못하는 사고 체계를 창의적인 뇌로 바꾸기 위한 방법이다.

어울리지 않는 것들을 강제로 결합해보자. 흔히 강제 결합법을 설명할 때 예를 드는 것이 연필과 지우개이다. 지금이야 연필에 지우개가 달린 제품을 당연하게 받아들이지만, 처음 그것을 생각해낸 사람은 각각의 제품을 강제로 결합해서 만들어낸 것이다. 카메라와 휴대폰, 화상전화기, 김치냉장고 등도 강제 결합의 결과이다.

글을 쓸 때 강제 결합을 사용하면 경직된 사고로부터 벗어날 수 있으며, 새로운 시각을 갖게 된다. 수업 시간에 '학교와 앞치마'라는 어울릴 것 같지 않은 단어들을 결합해서 형식에 제한을 두지 않고 글을 쓰게 한 적이 있다. 이렇게 다소 엉뚱해 보이는 단어들을 결합해서 글을 쓰려고 하다 보면 자연스럽게 뇌 스스로 창의적인 생각을 하는 법을 익히게 된다. 한 번 가본 길은 기억할 수 있는 것처럼, 뇌가 생각의 방법을 습득하게 되는 것이다.

물론 이런 경험은 글을 쓸 때만이 아니라 다른 아이디어들을 도출해낼 때도 도움이 된다. 따라서 글이 잘 써지지 않을 때는 주제와 전혀 관련이 없는 단어들을 결합하여 창의적인 생각을 해보는 것도 한 가지 방법이다.

> 학교에서 앞치마 착용이 필수라면 참 좋겠다.
> 이술 시간, 교복에 물이나 물감이 튀길까 노심초사하며 수업 시간 내내 마음 졸일 필요없고
> 급식 시간, 떡볶이 국물이 지워지지 않을까 급하게 화장실을 찾을 필요도 없다.
>
> 연결이 안되는 두가지를 강제 결합하여 글을 작성할 생각하니
> 처음에는 막막했는데 막상 곰곰히 생각해보니 웃긴 생각들이 많이 떠올랐다.
> 마치 내가 창의적인 사람이 되어 뭔가를 그려나가는 느낌?
> 김치냉장고와 화상카메라처럼 어쩌면 나도 사람들이 전혀 발견하지 못한
> 무언가를 최초로 발견할 수도 있을것만 같은 재미난 상상을 하며
> 글을 쓰게 됐고 강제 결합 글쓰기가 어려우면서도 쉽게 느껴졌다.

| 그림 8 | '학교와 앞치마'라는 어울리지 않는 소재로 글을 쓰도록 했다. 수업 후에 학생이 쓴 소감글이다.

학교에서 앞치마 착용이 필수라면 좋겠다.

미술 시간, 교복에 물이나 물감이 튀길까 노심초사하며 수업 시간 내내 마음 졸일 필요 없고 급식 시간, 떡볶이 국물이 지워지지 않을까 급하게 화장실을 찾을 필요도 없다.

연결이 안 되는 두 가지를 강제 결합하여 글을 작성할 생각을 하니 처음에는 막막했는데, 막상 곰곰이 생각해보니 웃긴 생각들이 많이 떠올랐다.

마치 내가 창의적인 사람이 되어 뭔가를 그려나가는 느낌?

김치냉장고와 화상카메라처럼 어쩌면 나도 사람들이 전혀 발견하지 못한 무언가를 최초로 발견할 수도 있을 것만 같은 재미난 상상을 하며 글을 쓰게 됐고, 강제 결합 글쓰기가 어려우면서도 쉽게 느껴졌다.

3) 3분 쓰기, 5분 쓰기, 후려치듯 쓰기

글쓰기 시간이 시작되면 바로 3분 쓰기를 한다. 익숙해지면 5분 쓰기, 그리고 그것도 익숙해지면 후려치듯 쓰기를 한다. 글쓰기의 모든 과정을 생략하고 생각나는 대로 써보는 것이다.

형식은 없다. 뭐든 생각나는 것을 쓰면 된다. 주제를 제시하기도 하고, 그냥 쓰라고 하는 경우도 있다. 연상이 일어나는 대로 쓰는 것이다. 이것은 운동을 하기 전에 몸을 푸는 워밍업 단계라고 생각하면 된다. 글쓰기 습관을 만들기 위해서이기도 하고, 쓰기를 쉽게 생각하기 위한 목적도 있다.

쓰고 나서 발표를 하지는 않는다. 그냥 써보는 것이다. 이 방법은 글을 써야 하는데 집중이 안 되거나, 무엇을 쓸지 고민이 될 때 사용하면 좋다. 관련 주제로 해도 좋고, 좋아하는 주제로 써도 좋다. 스톱워치로 시간을 정해놓고 쓰면 된다. 주제가 잘 떠오르지 않아도 무엇이든 떠오르는 것을 쓰면 된다. 신기한 것은 그렇게 하고 나면 글쓰기가 조금은 가볍고 편해진다는 것이다.

| 그림 9 | 3분 쓰기 시간에 한 학생이 쓴 글이다. 처음에는 생각이 뚝뚝 끊어지지만 쓰다 보면 문장이 나오고, 자신의 생각을 쓰게 된다. 자신도 모르는 자신의 생각을 알게 되기도 한다. 창의성을 키우기 위해 연습 삼아 해보는 것을 권한다.

학교

감옥 같다. 똑같은 교복, 공간, 수업, 시간과 생활 패턴.

그치만 다른 생각, 성향, 취향, 다른 마음 좋으면서도 싫은 공간.

담임 선생님 운은 좋지만 친한 애들과 같은 반 되는 운은 없는 나.

자율학습이라면서 반강제인 야자. 그래도 야자가 공부하는데 많이
도움이 되긴 했었지.

교복 너무 비싸요. 와이셔츠 조끼, 스타킹, 치마 불편해.

마이 위에 겉옷 왜 못 입게 하는지 이해가 안 간다.

4) 함께 생각하고 써보기

수업을 할 때 그림을 보여주고 설명하는 글을 쓰도록 할 때가 있다.
예상대로 학생들은 어려워한다. 서로 다른 그림을 설명하게 한 후 친구
와 바꿔 설명대로 그려보게 하는 경우도 있다. 쓰기도 어렵고 그리기도
어렵지만, 이것은 놀이처럼 즐거운 수업이 된다.

이번에는 다시 친구와 함께 비유를 통해 그림을 설명하게 한다. 학
생들은 무엇에 비유해야 할지 고민하면서도 즐거워한다. 글을 함께 쓰
는 경험이 신선하기 때문이다. 이번에는 그렇게 열심히 작성한 글을 다
른 팀들과 바꿔 그려보게 한다. 역시 쉽지 않지만 처음보다는 낫다. 비
슷하게 그려진 곳이 나오기 때문이다.

이런 식으로 함께 쓰기를 해본다. 주제를 주고 정해진 시간 내에 글을 쓰게 하면 예상 외로 좋은 글들이 나온다. 못 쓰겠다는 학생도 없다. 일단 주제에 대해 이런저런 이야기를 나누고 난 뒤라 그럴 것이다. 자신들이 이야기한 내용을 어떤 순서로 쓸지 개요를 짜고, 한 명이 쓰고 한 명이 생각을 보태고 문장을 만들기도 하면서 시끄럽지만 즐거운 표정들이다. 이 방법은 글쓰기가 혼자 하는 것이라는 생각에서 벗어나게 해주고 싶어 시도했는데, 매우 반응이 좋았다.

'함께'라는 것에 수반되는 단어는 '주고받음'이라고 생각한다. 서로 주고받으면서 생각이 자라고, 글이 다듬어지는 마법이 생기는 것이다. 한 번쯤은 꼭 해보기를 추천하는 글쓰기 방법이다.

| 그림 10 | 그림을 보고 설명을 쓰게 한 후 자신의 설명에 따라 짝꿍에게 그림을 그려보게 한다. 글을 어떻게 써야 하는지에 대해 재미있게 배울 수 있는 시간이 된다.

그림 설명

하트를 반으로 나눈 모습. 사람의 옆태를 닮은 듯한 모습의 눈만 그려져 있는데 반쪽은 쌍꺼풀이 없고 반쪽은 있다.

쌍꺼풀이 없는 쪽은 보라색으로 채워져 있고, 쌍꺼풀이 있는 쪽은 주황색으로 채워져 있다.

하트 전체를 노란 선이 감싸고 있다.

첫 문장은 스토리로 시작하라

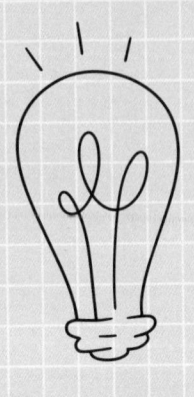

"그때 문득 내 옆에 환상의 지구역이 떠올랐다. 순간마다 무수한 사람들이 떠나가고 대신 어린 아기들이 내려오는 곳. 떠나는 늙은 분들 틈에 끼여 앉았을 스무 살의 우리 어머니…… 쪽 찐 머리를 보고 혹시 남겨 놓고 가는 아이가 없느냐고 물어서 울린 사람은 없었을까."[8]

동화작가 정채봉의 《스무 살 어머니》에 나오는 한 대목이다. 사실 정채봉 작가의 책은 개인적으로 누군가를 위한 치유의 목적보다는 어수선한 기분이 들 때 편안해지고 싶어서 읽는 책이었다. 어느 날 나를 찾아왔던 안나 씨가 아니었다

---

8 정채봉, 《스무 살 어머니》, 샘터, 2006, 72쪽.

면 이 이야기가 이토록 슬프게 내 마음에 남아 있지 않았을지도 모른다.[9]

팁 이야기로 시작되어 경험담으로 이어지고 있다. 첫 문장 쓰기를 할 때는 이야기로 시작해서 경험담으로 이어지거나, 질문으로 시작해서 이야기로 진행되는 등 복합적으로 사용되는 경우가 많다.

따라 쓰기 팁 이야기로 시작해서 경험담으로 이어지도록 써보자. 그러기 위해서는 책을 많이 읽는 사람이 유리할 것이다. 글을 잘 쓰기 위해서는 다독(많이 읽고), 다작(많이 써보고), 다상량(많이 생각하고)해야 한다고 한다. 많이 읽는다면 그것을 바탕으로 글을 쓸 때도 쓸 거리가 많아져서 수월하게 첫 문장을 시작할 수 있을 것이다.

---

9 윤선희, 《꼭 알고 싶은 독서치유의 모든 것》, 소울메이트, 2016, 139쪽.

4부

글쓰기 전략이
수행평가 만점을 만든다

I.

독서감상문 : 감동 스토리를 넣어보자

　학교에 다니게 되면서 일찍부터 가장 자주 쓰게 되는 글은 독서감
상문(이하 독후감)일 것이다. 일기가 아닐까 생각할 수도 있겠지만 많은
사람들이 숙제 검사라는 명목이 사라진 다음부터는 일기를 잘 쓰지 않
는다고 하니, 숙제든 대회든 여기저기 행사로든 쓰게 되는 글의 종류
중 단연 1위는 독후감이다.

　독후감은 책을 읽고 나서 책의 줄거리와 함께 느낀 점 등을 쓴 글이
다. 읽고, 쓰고, 듣고, 말하기는 교육과정의 중요한 필수 요소이기 때문
에 학교를 다녔다면 독후감을 써보지 않은 사람은 없을 것이다. 특히나
읽고 쓰는 것을 연습하기에 가장 좋은 방법이므로 독후감을 권하지 않

을 수 없다.

독서감상문 쓰기 팁

1) 쓰기 위해 읽기

독후감을 위해서는 처음부터 쓰기를 염두에 두고 책을 읽는 것이 좋다. 쓰기를 생각하며 읽으면 어떤 주제로 글을 쓸 것인지, 무엇을 쓸 것인지 살피게 되므로 읽는 태도가 달라지고 책에서 이야깃거리를 더 많이 찾게 된다. 읽는 동안 생각이 변화하거나 생활과 맞닿은 부분이 있었는지도 생각해보자. 진정성 있는 독후감이 될 것이다.

2) 생각 정리 단계

쓸 거리를 염두에 두고 읽었다고 해도 막상 독후감을 쓰려면 무엇을 쓸지, 어떻게 쓸지 고민하게 된다. 브레인스토밍을 해도 좋고, 떠오르는 생각들을 핵심어로 정리해도 좋다. 무엇을 쓸지 소재를 찾아 정리해보자.

반드시 독후감을 위해서만이 아니더라도 독서 후에는 요약하는 습관을 갖는 것이 좋다. 요약을 하면서 다시 책의 내용을 짚어보게 되고, 책에 대한 자신의 이해력도 점검할 수 있다. 뿐만 아니라 내용에 대한 기억도 더 오래간다.

3) 개요표 작성

어떤 글을 쓰든 개요표 작성은 기본이다. 처음 – 중간 – 끝에 넣을 내용으로 글의 흐름을 생각해서 개요표를 짜보자.

4) 쓰기

독후감을 쓸 때 가장 많이 하는 잘못은 줄거리를 길고 자세하게 서술하는 것이다. 하지만 독후감을 쓰라고 하는 이유를 생각해보자. 책의 내용을 알고 싶어서가 아니라 글쓴이의 요약 능력과 책을 이해하고 감상하는 능력, 그리고 글쓰기 능력을 알고자 하는 것이다. 그러니 책의 줄거리는 비교적 가볍게 설명하고, 자신이 생각한 것과 말하고자 하는 부분을 중심으로 써야 한다.

예를 들어 《흥부 놀부》라는 책을 읽었다면 '이 책은 욕심이 많은 형인 놀부와 착한 흥부에 대한 이야기를 다루고 있다. 착한 흥부가 다친 제비 다리를 고쳐주고 복을 받게 되고, 놀부는 흥부처럼 복을 받기 위해 일부러 제비 다리를 부러뜨려 벌을 받게 된다는 이야기다'와 같이 가볍게 전체를 요약한 후 자신이 말하고자 하는(감동을 받은 부분, 주제와 맞는 부분) 부분을 중심으로 쓰면 된다. 글을 읽으며 느낀 점, 새롭게 알게 된 점, 더 알고 싶은 점 등을 흐름에 맞춰 중간중간 넣어준다. 말하고자 하는 바, 즉 글의 주제는 개요표를 쓸 때 위치를 정해 쓰도록 한다.

5) 퇴고

처음 생각했던 주제에 맞게 글을 썼는지 전체 흐름을 보고, 이야기의 요약은 잘 되었는지, 하고자 한 이야기를 충분히 썼는지도 보면서 고쳐준다.

2.
과제 글쓰기 : 정의, 분류, 분석, 서사 등의 키워드에 집중하자

제목을 무엇이라고 써야 할지 제일 고민했던 부분이다. 학생들의 입장에서 가장 많이 쓰는 글이 과제물이니, 쉽게 '과제 글쓰기'라고 이름을 붙여보았다. 설명문이라고 하면 너무 정보 전달만 이야기하는 것 같고, 생활문이라고 하기엔 너무 자유로운 글쓰기인 것 같아 고민이 많았던 부분이다.

전개 방법의 종류	설명	예문
정의	어떤 대상을 '무엇은 무엇이다'의 형식으로 나타내는 것	교실은 수업을 하는 곳이다.

전개 방법의 종류	설명	예문
분류	어떤 대상을 비슷한 성질의 종류별로 나누어 설명하는 방법	책은 종류에 따라 만화책, 소설책, 동화책으로 나뉜다.
분석	대상을 구성 요소, 기능에 따라 나누어서 조목조목 설명하는 방법	연필은 흑심과 나무로 나뉘어 있다. 흑심은 글씨를 쓰는 부분이고 나무는 흑심을 보호하고 손에 묻지 않게 하는 역할을 한다.
대조	차이점을 위주로 설명하는 방식	개인 화장실은 내 마음대로 쓸 수 있지만, 공중화장실은 개인적으로 쓸 수 없다.
비교	공통점이나 유사점을 가지고 설명하는 방법	독서실과 교실은 둘 다 공부를 할 수 있는 장소이다.
예시	구체적인 예를 들어 설명하는 방식	문구점에서는 도화지, 연필, 공책, 실내화 등을 판다.
묘사	그림을 그리듯이 구체적이고 생생하게 표현하는 방법	펭수는 동글동글한 몸매를 가지고 있다. 얼굴과 배만 하얗고 나머지는 까맣다. 눈은 땡그랗고 입은 오리 입처럼 노랗고 크다. 짧고 앙증맞은 손을 가지고 있으며 다리도 짧다.
인과	원인과 결과에 따라 글을 전개시켜나가는 방법	공부를 하지 않은 결과, 성적이 좋지 않다.
서사	시간의 흐름에 따라 설명하는 방식	나는 예쁜 아기로 태어나서 행복한 어린 시절을 보냈고 다섯 살에는 유치원에 갔다. 이제는 열여덟 살이고 고등학생이 되었다.

전개 방법의 종류	설명	예문
과정	어떤 일의 절차와 순서를 설명하는 방식	샤프심을 샤프에 넣기 위해서는 샤프심을 통에서 꺼낸 후 심을 넣는 구멍에 넣고 샤프 뒤에 달린 버튼을 눌러주면 된다.

정보를 알려주거나, 설명을 하기 위해 쓰는 글쓰기 방법들이다. 국어 시간에 배운 것을 토대로 읽으면 어렵지 않을 것이다. 그러나 글에 응용하기 위해서는 설명과 예문을 읽고 연습을 해봐야 한다. 그래야 능수능란하게 쓸 수 있다.

과제 글쓰기 팁

1) 과제에 대한 이해

과제글을 쓸 때 가장 중요한 것은 수행해야 하는 문제에 대한 이해이다. '무엇을 하고, 무엇을 하며, 무엇이 있어야 한다'와 같이 한 문장 혹은 두세 문장의 글을 잘 분석해서 읽는 것이 먼저다.

가장 좋은 것은 끊어 읽는 것이다. 끊어 읽으면서 글에서 다루어야 하는 내용에 번호를 붙여서 쓸 차례를 정해보자. 꼭 들어가야 하는 내용이 빠지지 않도록 해야 한다는 말이다.

여기에 나만의 차별화 전략을 세우면 좋다. 과도하게 무엇인가를 더 써야 한다는 것이 아니라 자신의 생각을 적는 것이라 해도 다른 사람들의 생각과 나의 생각을 비교해서 쓴다. 다양한 관점을 살펴보고 생각했다는 것을 밝히는 것이다.

2) 자료 찾기

과제글은 자신의 생각을 쓰는 것도 있고, 배운 내용을 정리해서 쓰는 것도 있으며 복합적으로 배운 내용에 자신의 생각을 쓰는 것 등 다양한 형태가 있다. 어떻든 과제글에는 학습에 대해 열심히 임하고 있다는 것이 드러나야 할 것이다. 따라서 글을 쓸 때는 관련 자료를 최대한 찾아서 참고해야 한다. 그러나 인터넷 자료는 잘못된 정보를 담고 있을 수도 있고, 이른바 '긁어 오기(인터넷에서 바로 베껴서 옮기기)'를 했다는 의혹을 받을 수도 있다. 그러므로 어떤 자료를 찾아 쓰더라도 먼저 확실히 이해한 후 자신의 언어로 옮겨 적는 과정이 필요하다.

3) 글씨도 한몫한다

자필로 써야 하는 과제인 경우 글씨를 예쁘게 잘 쓰면 좋겠지만, 그렇지 않더라도 알아볼 수는 있게 써야 한다. 글씨를 못 쓴다고 생각하면 차라리 크게, 또박또박 적는 것이 좋다. 글씨를 못 써서 점수를 깎는 게 아니라, 읽을 수가 없어서 점수를 낮게 주는 경우도 있다.

4) 퇴고

어떤 글을 언제 쓰더라도 퇴고의 과정은 반드시 거쳐야 한다. 점수와 관계된 과제에서는 더욱 그렇다. 반드시 퇴고하여 제출하도록 하자. 과제에 반드시 들어가야 하는 내용이 포함되어 있는지, 나만의 차별화 전략은 무엇인지, 주어와 서술어의 호응이나 서술어의 통일은 잘 되어 있는지, 비문은 없는지도 살펴보고 맞춤법과 띄어쓰기 등을 점검한다.

3.
논술문 : '서론 – 본론 – 결론'을 갖추면 탄탄해진다

글쓰기에서 재능을 이야기할 때는 대부분 문학적인 재능을 말하는 것이다. 그런 글을 쓰려면 상상력과 함께 남다른 감성과 수사법까지 갖추어야 하기 때문이다. 그러나 논리적인 글에는 재능이 비교적 중요하지 않다. 배워서 쓸 수 있으며, 연습하면 실력이 향상되는 글쓰기다. 글쓰기 연습과 함께 사설이나 칼럼 등을 읽으며 시사상식도 늘리고, 글도 분석하며 논리력을 키워보도록 하자.

사실 논리적인 글쓰기는 종류를 떠나 모든 글에 필요한 방식이다. 논리적으로 쓴다고 하면 논술문만을 생각하거나 서론, 본론, 결론이 있는 글만을 생각한다. 하지만 어떤 글이라도 논리를 바탕으로 읽는 사람이 쉽게 이해할 수 있도록 써야 한다는 점에서 모든 글에는 논리적 글쓰기가 필요하다. 논술문이 아닌 다른 글을 쓸 때에도 근거를 바탕으로 논리성을 갖춘 글을 쓰도록 하자.

서론	무엇이 문제일까?	처음 부분이니 글을 쓰는 이유가 무엇인지 알려줘야 한다. 어떤 문제에 대해 쓸 것인가를 알리는 부분이다. 글을 쓴 동기, 이유, 문제가 되는 상황에 대해 설명하고 자신의 주장을 드러낸다.
본론	문제라고 생각하는 이유는 무엇인가?	사신의 주장에 대한 근거를 제시하는 부분. 이때 자신의 주장을 탄탄하게 하기 위해 예상되는 반론에 대비하여 근거도 제시해야 한다.
결론	내 생각을 한 문장으로 나타내면?	주제를 정리하여 강조하는 부분. 대안을 제시할 수 있다.

논리적인 글을 쓰기 위해서는 미리 주제에 대해 다양한 관점의 자료를 찾아보고, 기본 지식을 습득해야 한다. 그래야 주장하려는 내용에 대해 논리적인 설득력을 갖출 수 있다. 또 개요표를 짤 때는 충분한 시간을 할애하는 것이 좋다. 개요표를 짜는 과정에서 내용적으로 부족한 부분을 발견할 수 있기 때문이다.

개요표를 짤 때 항상 서론, 본론, 결론의 순서대로 채워야 하는 것은 아니다. 자신이 하고 싶은 말(주장, 제안, 결론)을 생각하는 것이 먼저다. 결론을 내세우고 바로 근거로 들어가서 써도 좋고, 왜 이린 이야기를 하

는지 설명하고 다양한 근거를 들어 이야기한 후 자신의 결론을 내놓아
도 좋다.

논리적 글쓰기 팁

1) 주제에 대한 자신의 생각을 정리해본다

논하고자 하는 주제에 대해 알고 있는 지식을 점검하기 위해 브레
인스토밍을 해본다.

2) 자신의 주장(결론, 제안)을 정한다

자신이 주장하는 바를 정해 한 문장으로 써본다.

3) 관련된 자료들을 찾아본다

자신의 주장을 강화하기 위한 자료만이 아니라 반대의 주장을 하는
자료 등 여러 가지 관점의 자료들을 모두 찾아본다. 그래야 자신의 주
장을 탄탄하게 하면서도 예상되는 반론에 대해서 설득력 있는 논리를
갖출 수 있다.

4) 개요표 짜기

글을 쓰기 위해 모아둔 자료들을 서론, 본론, 결론에 따라 문장으로

정리해 개요를 짠다. 보통 개요를 짤 때는 결론 부분부터 채우고 본론, 서론의 순으로 쓴다. 앞서 주장을 정할 때 만든 문장을 이용한다.

5) 쓰기

자신이 쓰려고 했던 부분을 개요표에 따라 쓴다. 쓰기를 할 때 개요표에 미리 써놓은 글의 분량을 생각해서 문장의 분량을 정해서 쓴다.

6) 퇴고

앞에서 설명한 퇴고 부분을 참고해서 큰 소리로 읽어보거나, 지인에게 부탁하여 읽어보게 한 뒤 부족한 부분을 보충한다.

4.
현장학습 체험보고서
: '여정 – 견문 – 감상'으로 충분하다

학교에서 기행문은 현장보고서, 체험학습 보고서 혹은 현장체험학습 보고서라는 다양한 이름으로 부른다. 목적이 단순한 만큼 쓰기 형식도 단순한데, 여행을 다녀온 후 자신이 보고 체험하고 느낀 것 등을 쓰면 된다.

처음	여행의 동기, 목적지에 관련 내용
중간	여정과 함께 본 것, 느낀 것
끝	자신의 감상(여정 견문, 감상을 잘 섞어서)

쓰기의 예시로 넣어보았다. 이렇게 따라 써봐도 되지만 어떤 식으로든 여행의 경로, 견문, 감상이 고루 들어가게 구성하면 된다.

이렇게 기행문을 설명하면 간혹 집 근처 어디를 갔는데 거기에 쓰는 것도 기행문에 포함되는지 질문하는 경우가 있다. 가까운 곳에 다녀온 것을 여행이라고 부르기 부담스러워 하는 것이다. 그러나 여행은 굳이 먼 곳을 다녀와야 하는 것이 아니다. 어딜 가든 본 것이 있고, 들은 것이 있으며, 얻은 바가 있으면 된다. 심지어 집 근처 산책을 했더라도 보고 느낀 것이 많았다면 기행문의 형식으로 써도 된다. 처음엔 아무런 생각 없이 걷다 보니 추수를 앞둔 황금 들판을 보며 이런저런 생각을 했다거나, 가을에 수확하는 것처럼 한 해가 지나는 즈음에 채우지 못한 목표를 다시 생각해봐야겠다는 식의 생각을 했다면 충분하다. 원래 여행이란 굳이 긴 시간을 해야 하거나 먼 곳을 가야만 하는 것이 아니니 말이다.

여행을 다녀온 직후 바로 글을 쓰는 것도 좋지만 대개는 시간이 지나고 나서 쓰게 된다. 따라서 여행 시의 견문, 여정, 감상 등을 정리해 두었다가, 어떤 내용을 쓸지 소재를 잡아 기억을 떠올려 글을 쓰면 된다.

그렇다면 여행기란 본질적으로 무엇일까? 그것은 여행의 성공이라는 목적을 향해 집을 떠난 주인공이 이런저런 시련을 겪다가 원래 성취하고자 했던 것과 다른 어떤 것을 얻어서 출발점으로 돌아오는 것이다. 마르코 폴로는 중국과 무역을 해서 큰돈을 벌겠다는 목표를 가지고 여행을 떠났지만 이 세계가 자신이 생각해왔던 것과 전혀 다르다는 것, 세상에는 다양한 인간과 짐승, 문화와 제도가 존재한다는 것을 깨닫고 돌아와 그것을 《동방견문록》으로 남겼다.

여행담은 인류의 가장 오래된 이야기 형식이기도 하다. 주인공은 늘 어딘가 먼 곳으로 떠난다. 로널드 B. 토비아스는 《인간의 마음을 사로잡는 스무 가지 플롯》에서 '추구의 플롯'을 세상에서 가장 오래된 플롯이라고 소개한다. 주인공이 뭔가 간절히 원하는 것을 찾아 떠나는 이야기들로, 탐색의 대상은 대체 주인공의 인생 전부를 걸 만한 것이어야 한다.[10]

《여행의 이유》라는 책을 읽다 언젠가 기행문에 대해 글쓰기 수업을 할 때 꼭 인용하겠다고 생각했던 문장이다. 다소 거창하게 여겨질 수도 있지만, 이처럼 매력적인 기행문으로 흔적을 남겨보는 것도 좋을 것이다. 우리의 글쓰기는 학교 안에서만이 아니라 학교 밖에서도 이어져야 한다.

---

10 김영하, 《여행의 이유》, 문학동네, 2019, 19쪽.

5.
SNS : 평소의 SNS 글이 수행평가를 이롭게 한다

SNS 글쓰기 전략이라고 했지만 트렌디한 글쓰기를 설명하려는 것이 아님을 미리 알려둔다. SNS 글쓰기는 일반적인 글쓰기와 다르다고 생각하는 이들이 많기 때문이다.

긍정적이든 부정적이든 지금은 많은 이들이 소셜미디어라고 불리는 SNS 계정 하나쯤은 가지고 있으며, 각자 자신을 드러내는 표현의 장으로 쓰고 있다. 어쩌면 유일하게 자발적으로 글을 쓰는 곳일 수도 있다. 따라서 평소 SNS에 글을 올리는 습관은 쓰기 실력을 향상시킬 수 있고, 나아가 수행평가에도 도움이 될 수 있다.

SNS에 올리는 글들을 보면 수필, 기행문, 감상문 등 다양한 형식이 모두 사용된다. 특별할 게 없는 일반적인 글쓰기이기도 하다. 때로는 왜 작가가 되지 않았나 하는 생각이 들 정도로 잘 쓴 글도 보게 된다. 논리정연함은 다소 떨어질지 모르지만, 쓰는 어휘들도 새로우며 깜찍한 발상의 재치 있고 창의적인 글들도 많아서, 읽다 보면 어느새 빠져들게 되기도 한다.

> "내 비밀번호는 보안이 철저해서, 현재는 나조차도 모르는 상태다."
> "사과한 이후의 기다림, 그것도 사과의 일부다."[11]

앞에서도 소개했던 하상욱의 글이다. 관찰력과 통찰에 감탄하게 된다. 이렇게 반전 매력이 넘치는 공감 가는 글은 웃음을 짓게 한다. 그러나 이런 글만이 아니라 그냥 일상을 함께 공유하고자 하는 글도 얼마든지 공감을 불러올 수 있다. 그러니 SNS에 글을 올릴 때 많은 관심을 받고 싶다는 생각에 일부러 자극적인 내용의 글을 올리려 해서는 안 된다. 차별, 편견, 욕설, 저격 등 분란의 여지가 있는 글들은 후에 부메랑이 되어 다시 돌아올 수 있다. 때로는 SNS에 글을 잘못 올려 직장에서 해고가 되거나, 면접 때 자신이 올린 글에 대해 질문을 받는 경우도 있다. 글에는 그 사람의 모습이 보이기 때문이다. 그러므로 언제, 어디서, 어떤 글을 쓰더라도 진정성을 갖고 써야 한다.

---

11 하상욱, 인스타그램에서 인용. http://www.instagram.com/type4graphic

SNS의 특성에 따라 글보다는 이미지, 즉 시각적인 요소가 중요한 매체가 있고 텍스트(글)에 더 중심을 두는 매체가 있다. 하지만 글을 쓰는 방식은 크게 다를 바가 없다.

SNS 글쓰기 팁

1) 매체의 특성을 파악한다

매체의 특성에 따라 이미지 위주로 짧은 글을 써야 하는 곳이 있고, 혹은 수필처럼 긴 글을 써야 하는 곳도 있다.

2) 타겟 연령층을 정한다

SNS는 모든 연령층이 다양하게 공존하는 곳이다. 그러나 모두를 상대로 하는 글쓰기는 자칫 아무도 읽지 않고, 누구에게도 쓸모없는 글이 될 수 있다. 그러므로 가상의 독자와 대상 연령층을 정하고 써야 한다. 마치 한 사람에게 말하듯 글을 쓰는 것이 좋다.

3) 주제를 정한다

자신의 콘텐츠가 정해져 있다면 그 주제에 맞춰 쓰면 되겠지만 그렇지 않다면 시사적인 것, 이슈가 되는 것, 사소하지만 알고 나면 의미가 있는 것, 생각하지 못했던 것 등 자신만의 주제를 정하는 것이 먼저

이다. 주제는 그때그때 달라질 수 있지만 글을 쓰기 전에는 미리 정하고 써야 한다. 쓰려고 하는 것이 음식에 대한 내용이라면 예를 들어 '음식점의 친절도 맛에 포함된다'와 같은 주제를 미리 정해야 한다. 주제를 문장으로 생각한 후 어떤 내용을 쓸지 소재들을 찾아 이어나가면 쓰는 과정에서 글에 일관성이 생긴다.

4) 매체의 특성에 따라 내용을 쓴다

SNS의 특성상 구구절절한 글은 대부분 어울리지 않는다. 그러니 짧지만 강한 인상을 주기 위해 군더더기 말들을 줄이는 연습을 하자.

이때 글의 핵심어, 또는 글을 대변할 수 있는 단어 등으로 된 해시태그를 사용한다. 해시태그란 '우물 정(井)'자 모양 아이콘에 키워드를 등록하는 것으로, 관련 정보를 묶고 검색을 편리하게 하는 용도로 사용한다. 요즘엔 팔로워와 소통을 하는 용도로도 많이 사용한다.

요즘 떠오르는 SNS 스타 되기 최고의 해시태그!

#맞팔 #선팔 #좋아요 #소통 #소통해요 #첫줄반사 #○○ (나이)

- 맞팔: 함께 팔로우하자는 의미
- 선팔: 먼저 팔로우해주면 나도 해주겠다는 의미
- 소통/소통해요: 게시물 좋아요/팔로우를 통해 소통하자는 의미

- 첫줄 반사: 해시태그를 통해 들어간 사람의 게시물의 첫 번째 줄에 있는 게시물에 좋아요나 댓글을 달아주겠다는 의미
- ○○ (나이): 비슷한 연령대와 소통하자는 의미

5) 친절하지만 눈에 띄는 제목을 쓴다

눈에 띄는 제목을 달고 싶다고 해서 글과 연관이 적은 제목을 붙이면 안 된다. 글이란 진정성과 신뢰성이 바탕이 되어야 한다. 제목을 쓸때도 어떤 글인지 알 수 있도록 써야 한다. 그렇지 않으면 제목을 보고 들어왔다가 실망하고 나가게 된다. 글을 다 쓴 후 중요한 핵심 단어 3~4개를 뽑아 그것으로 이렇게 저렇게 응용하여 제목을 지어보자. 핵심어를 가지고 표현하면 '친절한 제목'이 될 가능성이 높아진다.

6) 규칙적으로 글을 쓰는 시간을 정한다

SNS로 글을 쓰는 것의 최대 장점은 능동적이고 지속적인 글쓰기 연습이 된다는 것이다. 일기를 꾸준히 쓰는 것과 같은 효과이다. 글쓰기 실력도 늘고, 관찰력도 늘며, 삶의 태도도 달라진다.

그러나 단점도 만만치 않다. 쓸데없이 여기저기 둘러보며 시간 낭비를 하게 되고, 다른 사람의 삶과 비교하거나 클릭 수를 높이기 위해 일상을 특별한 것들로 채우려 하는 등의 문제점도 있다. 그러니 규칙적인 시간에 정해진 시간만큼만 꾸준히 글을 쓰도록 하자.

담백하고 진정성 있는
자기소개서 쓰기

　자기소개서(이하 자소서) 쓰기는 '인생의 중요한 순간을 결정하는 글쓰기'라고 생각한다. 자신에 대한 모든 것을 한 번에 여실히 보여줄 수 있도록 하는 절체절명의 글쓰기이기 때문이다.

　교육부는 2024년에 자소서를 폐지한다고 발표했고, 2022년도부터 적용되는 축소 개편안이 나온 상황이다. 그러나 대학입시를 위한 자소서가 축소되거나 폐지된다고 해도, 자소서를 써야 할 상황은 많다. 대학생활을 하면서 이런저런 일에 도전하거나 아르바이트 자리를 구할 때, 회사에 입사하기 위해 지원할 때 등에도 자기소개서가 필수적이다. 또 입시나 입사를 위해서만이 아니라 자신에 대해서 여러 방면으로 살펴볼 수 있는 기회가 되기 때문에, 반드시 써보길 권한다.

자소서 쓰기를 지도하면서 경험한 것은 논술고사보다 오히려 자소서를 쓰는 것이 삶의 변화를 유발하는 전환점이 된다는 것이다. 스스로 자신에 대해 제일 잘 안다고 막연히 생각하고 있지만, 자소서를 쓰기 위해 오랜 시간 자신을 중심에 두고 뒤돌아보며, 자신과 대화를 나누고 나면 하나같이 "저는 저를 제일 모르는 것 같아요. 자소서를 쓰다 보니 나 자신에 대한 생각도 많이 달라지고, 이제는 일기라도 쓰면서 살아야겠다는 생각이 늘어요"라고 말하는 것을 볼 수 있다.

다만 입시에서 자소서의 비중이 줄어들고 학교마다 자소서 양식도 다르니, 여기에서는 깊이 살펴보기보다는 어떤 마음으로 써야 하는지 간단히 훑어보겠다.

탐나는 자소서 따라 하기

1) 자소서는 쓰는 것보다 자소서의 질문을 이해하는 것이 중요하다

여기서 이해란 단순히 질문의 내용을 인지하는 것을 말하는 게 아니라 무엇을 위해 이런 질문을 했는지, 즉 질문의 의도를 헤아릴 수 있어야 한다는 것이다.

예를 들어 자소서 문항 중 가장 많이 묻는 '어린 시절의 성장 배경'을 생각해보자. 이 문항에 대해 그저 '나의 어린 시절이 궁금하구나'와 같이 받아들이고 글을 써서는 안 된다. 대학 입학을 위해 쓰는 자소서라면 자신의 전공과 관련하여 필요한 것들과 연관시킬 줄 알아야 한다. 즉 체대를 가려는 친구라면 어린 시절 특별히 운동신경이 좋아 성장과정에서 엄마를 힘들게 할 정도로 뛰어다녔다거나 동네 도장에서 하루종일 운동을 하며 시간을 보냈다거나 하는 일화들을 쓰면 좋을 것이다. 물론 그 뒤에는 그로 인해 이루어진 결과, 예를 들어 태권도 몇 단을 땄다거나 어떤 대회에서 입상했다거나 등 증명 가능한 결과가 있어야 한다. 해당 질문을 왜 묻는지 그 의도를 이해하고, 어떤 답을 해야 하는지 고민하여 써야 한다.

2) 자신이 가진 스펙에서 소재를 찾아야 한다

글을 쓰기 위해서는 어떤 소재들로 글을 쓸지 정해야 한다. 자소서에서의 소재는 학생기록부나 독서록 등 서류로 증명할 수 있는 것에서 찾는 것이 좋다. 그렇지 않으면 확인이 불가능하므로 쓴 내용에 대해 신뢰도가 떨어질 수밖에 없다.

3) 두괄식으로 쓰자

자소서는 사람이 읽고, 사람은 한 가지를 오래 하면 피곤하다. 그러므로 간결하고 이해하기 쉽게 두괄식으로 써야 한다. 물론 흥미를 유발하는 일화 등을 넣는 것도 좋지만 쉬운 일은 아닐 것이다. 적어도 두괄식으로 하고자 하는 말을 바로 알 수 있도록, 짧고 이해하기 쉽게 쓰자.

4) 무엇보다 솔직 담백해야 한다

자소서를 읽어보면 진정성을 가지고 쓴 글인지 아닌지 알 수 있다. 앞뒤 문맥이나 선택한 어휘에서도 진정성을 가늠할 수 있으며, 면접까지 보게 된다면 글과 사람을 연결하게 되어 더욱 판단하기 쉬워진다. 자소서를 이른바 '자소설'로 쓰면 안 되는 이유이다. 과도한 부풀리기나 수식어는 자제하고, 있는 그대로 최대한 담백하게 쓰자.

자기소개서는 자신의 보이지 않는 부분을 드러내기 위해 쓰는 글이며, 결국 투명하게 자신이 보이는 글이다. 또 무조건 자신을 미화하고 자랑하기 위한 것이 아니라, 들어가고자 하는 곳과 내가 잘 맞을 수 있다는 설득을 하기 위한 글이다. 따라서 무엇보다 솔직해야 하며, 간결하고 인상 깊게 써야 한다. 돈을 들여 전문가가 대신 써준 자소서는 누가 봐도 티가 날 뿐만 아니라, 자소서를 제출하는 학교나 시험관을 기만하는 비도덕적인 일이다.

5) 녹음하여 들어보자

모든 글에는 퇴고가 필요하지만 특히나 자소서는 더 신경 써서 퇴고하는 것이 좋다. 자신 또는 지인의 목소리로 낭독하여 녹음한 후 들어보자. 녹음을 해서 들으면 더 객관적으로 듣게 되는 효과가 있으므로 냉정하게 자신의 글을 평가할 수 있을 것이다. 특히 타인의 목소리로 녹음하여 들으면 더욱 그럴 것이다. 어느 부분이 매끄럽지 않은지, 너무 꾸며 쓴 부분은 없는지 들으면서 살펴보자.

고등학교 1학년, 대학교 1학년처럼 새롭게 시작하는 시점에 미리 자소서를 써야 한다는 것이 나의 주장이다. 이때 자소서를 쓰게 되면 자기가 가고 싶은 곳에 필요한 스펙이 무엇인지 더 구체적으로 생각하고 알 수 있고, 그 스펙을 갖추어가기 위해 노력하게 된다. 이후 정말로 자소서를 써서 제출해야 할 때가 왔을 때는 이미 필요한 것들이 채워져 있을 것이고, 그것을 위해 노력해온 과정까지도 경험으로 남아 있기 때문에 정말로 멋진 자소서를 쓸 수 있게 된다. 그러니 자신의 꿈과 계획을 염두에 두고 미리 자소서를 써보자.

첫 문장이 어렵다면 인용으로 시작하자

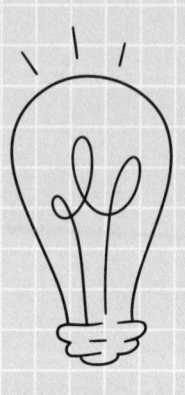

"어느 중학교 한문시험에 '백문이 불여일견'이라는 한자말의 뜻을 적으시오라는 문제가 출제되었다. 한 학생이 '백 번 묻는 놈은 개만도 못하다'라고 답을 적었다. 한문 선생님은 그 학생의 창의력을 가상스럽게 생각하여 반만 맞은 걸로 평가해주었다. 실화다."

이외수 작가의 《하악하악》에 나오는 한 구절이다. 불연속의 시대에는 주어진 문제의 정답보다 '없던 문제를 없던 방법을 이용해 없던 답을 도출할 수 있는 능력'이 중요하지 않을까?[12]

---

12 길영로, 《넘버원이 아니라 온리원》, 페가수스, 2016, 47쪽.

팁 인용으로 시작하는 첫 문장 쓰기이다. 말하고자 하는 주제에 맞는 재미있는 인용글로 시작하면서 흥미를 끌고 있다. 평소에 독서를 많이 하는 것이 글쓰기에 도움을 주는 좋은 예라 할 수 있다.

따라 쓰기 팁 읽었던 책 중에서 자신이 쓰려고 하는 주제에 맞는 이야기를 떠올려보자. 평소에 독서기록장을 만들거나, 필사 노트가 있다면 어렵지 않을 것이다. 인용으로 첫 문장을 시작하여 자신이 하고 싶은 이야기와 자연스럽게 연결시킨다. 첫 문장에 대한 두려움도 떨치고 공감도 높일 수 있는 글이 된다.

5부

첫 문장 글쓰기를 탐하라

I.
경험으로 시작하는 첫 문장
: 공감을 불러일으켜라

사람들은 처음 만나는 사람에게 어떻게 인사해야 좋은 인상을 남길 수 있을지 고민한다. 첫인사가 전체적인 인상을 결정한다고 생각하기 때문이다. 이를 심리학에서는 초두효과(Primacy Effect)라고 한다. 무엇이든 처음 제시되는 것이 나중에 제시되는 것보다 기억에 더 큰 영향을 주는 현상을 말한다.

첫인사의 경우처럼 글의 첫 문장에도 초두효과가 있다. 첫 문장을 읽으면서 글 전체에 대한 호불호, 즉 계속 읽을 것인지 말 것인지가 결정된다. 이는 첫 문장이나 첫 단락이 글에서 차지하는 비율에 비해 엄청난 힘을 가지고 있음을 말한다. 탐나는 첫 문장 쓰기가 필요한 이유다.

첫 문장이 하는 역할 중 하나는 전체 글의 주제를 엿볼 수 있게 해주는 것이다. 사람을 만났을 때 첫인상을 가지게 되는 것과 같다. 특히 소설이나 수필의 경우 다른 어떤 글보다 첫 문장이 많은 것을 암시하게 된다. 따라서 첫 문장은 수많은 문장을 제치고 선택된다. 작가는 자신이 하고 싶은 이야기와 주제를 염두에 두고 첫 문장을 고른다. 첫 문장만으로 전체를 다 보여주겠다는 듯 비장한 각오로 첫 문장을 고민하고 고민한다.

그런 첫 문장을 자신의 경험담으로 시작한다면 호기심을 높일 수 있는 좋은 선택이 된다. 자신이 경험한 것을 직접 쓰기 때문에 생생함과 현장감이 담기고, 글쓰기가 다소 서툴다 해도 독자는 흥미로운 마음으로 공감하며 읽을 수 있게 된다. 글의 종류와 상관없이 경험으로 시작하는 글쓰기는 마치 소설처럼 이야기 속으로 읽는 이를 빨아들이는 흡입력이 있다.

나의 소년 시절에 떡볶이는 귀한 음식이었다. 어머니는 설에만 떡볶이를 해주셨다. 설에 가래떡과 쇠고기로 떡국을 끓여서 차례를 지내고, 남은 재료로 떡볶이를 만들었다. 고기가 귀해서, 녹두전을 부칠 때는 돼지비계 한 점을 녹두전 한가운데에 보석처럼 박았고, 나의 형제들은 그걸 서로 파먹겠다고 머리를 부딪치며 덤벼들었다. 떡볶이를 만들 때 어머니는 고기를 늘궈서 여러 아이들에게 골고루 먹이느라고 가루가 되도록 다졌다.[13]

---

13   김훈, 《연필로 쓰기》, 문학동네, 2019, 177쪽.

담백하지만 그림을 그리듯 생생하게 느껴지는 어린 시절의 경험담으로 시작하는 첫 문단이다. 나의 경험과 일치하지 않아도 어른들의 힘들었던 어린 시절에 대해 옛날 이야기를 듣는 것처럼 읽을 수 있는 좋은 문장이다. 경험으로 시작하는 문장은 이런 담백함과 묘사가 생생함을 더해준다.

나는 불치병에 걸렸었다. 미대입시를 준비하는 입시생들 사이에서 유행하는 병이었다. 그 병의 이름은 '홍대병'. 내가 입시를 준비하던 당시, 이 병에 걸려버려 7수를 하고 있다는 입시생의 전설이 학원가를 떠돌았다.

농담인지 진담인지 알 수 없었지만 홍대병은 그 정도로 무서운 병이었다. 다른 대학에 붙어도 홍대가 아니면 아무런 의미가 없어 재수를 하고 떨어지면 또다시 도전하고, 그렇게 일곱 번 무려 7년간 입시생 생활을 할 만큼 불치병이었다. 홍대가 뭐라고. 그런데 그 무서운 병에 내가 걸렸다. 덜컥.

고3 때 홍대 입시를 봤지만 떨어졌다. 다른 대학에 붙었지만 당연히 가지 않았다. 대학의 레벨이 높아진다면 기꺼이 1년을 투자할 가치가 있다고 생각했다. 그렇게 재수를 하고 다시 홍대에 도전했다. 그리고 또 떨어졌다.

이럴 수가, 아까운 내 1년. 하지만 여기서 포기하면 아무것도 안 된다고 생각했다. 포기하지 말고 끝까지 도전하라고 배웠으니까. 노력하면 안 되는 건 없어. 내 노력이 부족했던 거야. 한 번만, 한 번만 더 도전하자. 투자한 1년이 아까워서라

도 포기할 수 없었다. 나는 그렇게 3수생이 됐다. 아아, 나는 멈췄어야 했다.[14]

읽을수록 잘 썼다는 생각이 드는, 경험으로 시작하는 첫 문단이다. 자신의 3수 경험으로 시작하는 이 글의 제목은 '길은 하나가 아닌데'이다. 오직 한 가지 길밖에 없다는 믿음이 사람을 피폐하게 만든다는 주제를 전하기 위해 자신의 경험으로 글을 시작했다. 읽기도 쉽고, 경험담이니 주제에 힘이 실려 설득력도 있다. 이처럼 주제에 맞는 경험담을 떠올릴 수만 있다면 뒷이야기를 읽고 싶게 만드는 흡입력을 가진 매력적인 글이 될 수 있다.

그 경험담이 반드시 거창할 필요는 없다. 다음은 앞의 글을 쓴 작가 하완의 글 중에서 다른 부분을 골라본 것이다. 소소한 어린 시절의 생각으로부터 시작하는 설득력 있는 글이다. 무엇을 말하고 싶은 것인지 생각하며 읽어보기 바란다.

어린 시절부터 밖에 나가 뛰어노는 것보다 공상하는 것을 더 좋아했다. 아주 어렸을 때 스스로 만화영화 속 주인공이 되어 악당들을 물리치는 공상이 대부분이었지만, 조금 더 자란 후론 내 미래를 그려보는 공상이 그 자리를 대신했다. (중략) 하지만 씁쓸하게도 난 영화감독이 되지 못했고 미녀 여배우와 결혼하지도 못했으며 준비해두었던 수상 소감도 쓸모가 없어지고 말았다. 내가 영화감독이 되

---

14 하완, 《하마터면 열심히 살 뻔했다》, 웅진지식하우스, 2018, 46쪽.

지 못한 건 당연한 결과였다. 왜냐하면 영화감독이 되려고 어떤 노력도 하지 않았기 때문이다.[15]

제목은 '아무것도 안 해서'이다. 망할 때 망하더라도 저질러보았어야 했다는, 그러나 인생은 후회해도 후회하지 않아도 굴러간다는 당연하지만 왠지 슬픈 글이다. 누구나 경험해보았을 평범한 일화를 담아 이야기하는 글이어서 '나도 그렇지' 하고 공감하는 마음이 든다. 이것이 경험으로 시작하는 첫 문장의 힘이다.

음식을 할 때 으응~하며 코를 갖다대고 한입 맛보는 행위.
광고에서도 흔히 보는 그 행위가 나는 멋있어보이고 재밌어 보였나보다.
어렸을 적 라면을 처음 끓였을 때 광고 모델이 된 것처럼
그것을 따라하다 코에 직방으로 스프가루 향이 들어가
재채기를 연신하고 코를 오만가랑 부벼잡으며 간지러워
괴로워 한 적이 있다. 냄새가 황새 따라가다 가랑이
찢어진다는 말이 이거나. 혼자 CF모델 따라 연기했는데 고통도
창피함도 모두 내 몫이었다. 그 이후로, 좋아보이고
재밌어 보인다고 어떤 행위를 무작정 따라하는 무모함이
줄어들었다.

| 그림 11 | 경험으로 시작하는 첫 문장 쓰기이다. 경험이 공감 가는 내용이라면 더욱 좋을 것이다.

---

15   하완, 《하마터면 열심히 살 뻔했다》, 웅진지식하우스, 2018, 148쪽.

경험

음식을 할 때 으음~하며 코를 갖다 대고 한입 맛보는 행위.

광고에서도 흔히 보는 그 행위가 나는 멋있어 보이고 재밌어 보였나

보다.

어렸을 적 라면을 처음 끓였을 때 광고 모델이 된 것처럼 그것을 따

라 하다 코에 직방으로 스프 가루 향이 들어가 재채기를 연신 하고

코를 오 분가량 부여잡으며 간지러워 괴로워한 적이 있다.

뱁새가 황새 따라가다 가랑이 찢어진다는 말이 이거구나.

혼자 CF 모델 따라 연기했는데 고통도 창피함도 모두 내 몫이었다.

그 이후로, 좋아 보이고 재밌어 보인다고 어떤 행위를 무작정 따라

하는 무모함이 줄어들었다.

2.
질문으로 시작하는 첫 문장
: 나의 글에 집중하게 하라

첫 문장 쓰기가 왜 어렵다고 생각하는가? 이런 질문에 바로 답하는 것은 쉽지 않다. 첫 문장 쓰기의 어려움은 각기 다른 이유에서 비롯되기 때문이다. 어떤 사람에게는 주제와 관련된 글만이 아니라 글쓰기 자체가 싫어서일 수도 있고, 주제에 관한 배경지식이 없으니 뭘 써야 할지 모르는 사람도 있는 등 다양할 것이다. 여러분은 첫 문장 쓰기가 왜 어렵다고 생각하는가?

질문으로 글을 시작해보았다. 사실 개인적으로 나는 질문으로 글을 시작하는 것을 선호하지는 않는다. 독자의 입장에서 편한 마음으로 글을 읽으려고 하는데 불쑥 과제 하나를 받는 느낌이 들지 않을까 싶기 때문이다. 만약 다이어트와 관련된 책을 읽는다면 책을 읽고 살을 빼서 멋있어지겠다는 단순한 기대감으로 책을 읽기 시작했는데, 첫 장부터 질문을 받는다면 친절하지 않은 책처럼 여겨질지도 모른다. 게다가 그 질문이 '왜 살을 빼고 싶은가?'와 같이 단순한 것이 아니라, 깊은 생각을 해야 하는 어려운 질문이라면 처음부터 피곤해지지 않을까.

그러나 나의 우려와는 다르게 질문으로 시작하는 첫 문장은 독자가 책의 주제에 대해 생각을 하는 시간을 주기 때문에 글쓰기에서 선호되는 방법 중 하나이다. 첫 문장을 읽었을 뿐인데 질문을 통해 주제에 대해 생각하게 된다는 것이다.

생각을 하며 책을 읽는다는 것은 대화하며 읽기와 같은 의미다. 이때 질문은 작가가 던진 문제라고 생각할 수도 있다. 또 독자는 책을 읽으며 문제를 해결하기 위해 깊이 읽기를 할 수 있다.

중요한 것은 어떤 질문을 하느냐일 것이다. 흥미를 유발하는 질문을 던져도 좋고, 주제에 대한 직접적인 질문을 해도 좋다. 아니면 글을 읽기 전에 알아두면 좋을 지식에 대한 질문도 괜찮다. 반전을 주는 질문도 좋다. 만약 자연환경을 보호해야 한다는 주장을 담은 글을 쓴다면 "사람들이 함부로 쓰고 있는 일회용품을 왜 나만 절약해야 되는가?"와 같은 문장으로 시작해보자. 예상과는 다른 질문이기 때문에 독자는 놀라면서 주제에 관련된 생각을 더 깊이, 다각도로 하게 된다. 글쓴이가 던진 질문에 답하고자 생각을 하게 되는 것이다. 예상 가능한 일이지만 당연히 이런 독자들은 다음 글을 읽을 때도 몰입도가 높을 것이다.

> 왜 우리는 나쁜 습관을 그토록 반복하는 것일까? 왜 좋은 습관을 세우기가 그토록 어려운 것일까? 내년 이맘때 우리는 오늘보다 더 나은 뭔가를 하고 있기보다 예전 습관대로 똑같은 일을 하고 있을 확률이 높다.[16]

질문으로 자신의 습관에 대해 생각하도록 유도하고 있다. 아마도 나쁜 습관을 왜 반복하는지, 좋은 습관을 세우기가 왜 힘든지를 생각한 후 다음 문장들을 읽으면 그 이유와 개선 방법을 찾으며 읽을 것이다. 질문으로 인해 자신도 모르게 문제를 해결해야 한다고 생각하기 때문이다. 이런 것이 질문으로 시작하는 문장의 매력이 될 것이다.

질문으로 시작하는 것은 대부분 '질문-답-부연 설명'으로 이어지는 글쓰기 방식을 보여준다. 글을 쓰려고 할 때 글의 주제와 관련된 질문을 던져보는 것으로 시작하자.

> 제시문과 논제를 읽은 소감이 어떤가? 저마다 다르겠지만 쉽다고 느낀 사람은 거의 없을 것이다. 한 번 척 보고 뭘 쓰라는지 알았다면 드물게 뛰어난 독해력과 사유능력을 가진 사람이다. 알 듯 말 듯 헷갈린다면 상당히 괜찮은 편이다. 무엇

---

16 제임스 클리어, 《아주 작은 습관의 힘》, 비즈니스북스, 2019, 50쪽.

을 쓰라는 것인지 전혀 감이 오지 않을 뿐만 아니라 제시문과 논제를 읽는 것 자체가 무척 힘들었다면? 그렇다면 평균 수준이다. 자책할 필요는 없다.[17]

논술 글쓰기에 대한 주제에서 제시문과 논제를 읽은 소감을 묻는 것은 주제와 매우 밀접한 질문이다. 질문을 하고 답을 한 뒤 부연 설명으로 이어지는 좋은 예라 생각한다. 물론 이후의 글들을 죽 읽는다면 아마도 제시문과 논제에 대해 다루는 방법을 배울 수 있을 것이다.

먼저 당신에게 묻겠다. "무엇을 위해 메모를 하는가?"
이 질문을 하면 대부분의 사람이 '들은 이야기를 잊지 않기 위해서'라고 대답한다. 보통 그런 이유 때문에 메모를 할 것이다. 하지만 그것만으로는 메모에 숨겨진 대부분의 효과를 쓰지 못하고 있다고 할 수 있다.
그렇다면 메모의 진짜 효과란 무엇일까? 그것은 '생각할 계기'를 만드는 것이다. 머리말에서도 이야기한 것처럼, 기술을 사용하지 않고 결과나 정보만을 남겨둔 메모는 시간이 지나면 없어지거나 무엇을 썼는지 이해할 수 없게 된다.
따라서 시간이 지나도 썩지 않는 메모를 하기 위해서는 '나중에 다시 찾아봐도 알 수 있도록' 써둬야 한다.[18]

위 글은 주제에 대한 질문으로 시작해서 사람들의 잘못된 답을 제

---

17   유시민, 《유시민의 논술 특강》, 생각의길, 2015, 47쪽.
18   고니시 도시유키, 《메모의 기적》, 21세기북스, 2016, 29쪽.

시한 후, 다시 질문을 통해 자신이 전하고자 하는 이야기를 쓰는 방법으로 설득력을 주고 있다.

물론 이런 글을 쓰기 위해서는 설득력을 높일 수 있는 관련 지식들과 정리된 자신의 생각이 있어야 한다. 글을 쓰기 위해서는 쓰려는 주제에 관해 계속해서 질문하며 넘치는 생각을 쌓아두어야 한다.

치킨이나 피자는 왜 탄산음료와 찰떡일까?
그것은 아마 느끼함을 달래주기 위함이 아닐까.
치킨이나 피자는 상대적으로 기름기도 많고
칼로리도 높은 음식이라 쉽게 느끼하다.
이때 탄산음료를 먹어주면 한 조각 먹을 수 있는 걸
두·세 조각 느끼함 없이 술술 들어가게 해준다.

| 그림 12 | 질문이 생각해보지 않은 것이라면 신선하겠지만, 그렇지 않더라도 질문으로 시작해서 자신의 생각을 쓰면 생각을 한데 모아주는 효과가 있다.

질문

치킨이나 피자는 왜 탄산음료와 짝꿍일까?

그것은 아마 느끼함을 달래주기 위함이 아닐까.

치킨이나 피자는 상대적으로 기름기도 많고

칼로리도 높은 음식이라 쉽게 느끼하다.

이때 탄산음료를 먹어주면 한 조각 먹을 수 있는 걸

두세 조각 느끼함 없이 술술 들어가게 해준다.

3.
인용으로 시작하는 첫 문장
: 유명한 사람의 글로 유혹하라

"교육에 대해 온갖 말을 하면서도 현대 사회는 구성원들을 가르치고 있는 가장 영향력 있는 수단을 검토하는 데 참으로 무심하다. 우리는 태어나서 고작 18년 남짓 교실에 갇혀 보호받을 뿐, 나머지 인생은 사실상 어떤 제도권 교육기관보다도 더 커다란 영향력을 행사하는 뉴스라는 기관의 감독 아래서 보낸다."

— 알랭 드 보통, 최민우 옮김, 《뉴스의 시대》, 문학동네, 2014, 13쪽.

인생은 선택의 연속입니다. 어제 그제와 다를 것 없어 보이는 평범한 오늘의 일상도 사실은 내가 어떤 정보를 받아들일지, 그 정보를 바탕으로 어떻게 인식하고 무슨 결정을 내릴지에 따라 새로이 구성됩니다. 우리가 일상에서 선택하는 크고 작은 결정의 대부분은 태어나면서부터 갖고 있던 생각에 의해서 이뤄지는 게 아닙니다. 미디어를 통해서 알게 된 정보나 그에 기반한 인식을 통해 형성된 것이지요.[19]

이 책을 읽으며 인용문을 써서 이렇게 세련되게 문장을 시작할 수 있구나 하는 생각과 함께, 작가가 이야기하고 싶은 바를 인용문이 이해하기 쉽게 설명하고 있다는 생각이 들었다. 거기에 우리에게 잘 알려진 작가인 알랭 드 보통의 말을 인용하여 주장하려는 바에 대한 신뢰도가 생기는 효과를 주고 있기도 하다.

다른 사람이 쓴 글을 읽다가 나의 의견과 일치하는 부분을 만나면 반가운 마음도 들지만 어쩌면 이리 글을 잘 쓸까 하는 부러움이 앞선다. 나는 이렇게 이해하기 쉽게 쓸 수 있을까 하는 생각도 들게 된다. 그런 이유에서 혹시라도 관련되어 글을 쓰게 될 일이 있을 때를 대비해 좋은 문장을 만나면 메모를 하거나 책갈피를 꽂아 표시해둔다.

인용문으로 시작하는 글은 인용된 글에서 한 번, 또 글쓴이가 자신의 생각을 서술하면서 다시 한번 반복해서 말하므로 강조의 효과가 있다. 관련된 글을 읽으면서 자신의 생각도 다시 다지고, 첫 문장으로 뭘 써야 할까 하는 막막함에서도 벗어날 수 있으므로 좋은 처방전이라 생각한다. 여기에 관련된 서적을 읽으며 떠오르는 글쓰기의 다양한 소재

---

19 구본권, 《뉴스를 보는 눈》, 풀빛, 2019, 4쪽.

들을 얻을 수 있다는 점도 선물 같은 덤이 될 것이다. 심지어 어떤 경우에는 주제를 이미 정한 뒤에도 계속 자료를 찾다 생각에 생각을 거듭한 후 주제를 바꾸기도 한다.

평소 독서를 많이 하지 않아 어떻게 인용문을 써야 할지 난감하다면 인터넷 검색으로도 도움을 받을 수 있다. 검색어만 잘 선택해서 찾는다면 아이디어를 내는 데 도움이 될 속담, 명언, 글귀, 어록 등 많은 글을 찾을 수 있다. 그런 자료들을 찾아 읽으면서 자신의 글에 어떻게 연결시켜야 할지 고민해보자. 또 이런 단편적인 자료는 단기적으로는 도움이 되지만, 실력을 탄탄하게 쌓기 위해서는 충분한 독서를 통해 자신의 생각을 키우는 것이 더욱 바람직하다는 것도 기억해두자.

박지원 가의 독서비법 7가지

1) 사람마다 개성이 다르니 끌리는 책을 읽어라.

2) 정독으로 천천히 읽으면서 창의력을 키워라.

3) 읽은 책을 요약하고, 자신의 생각을 덧붙여라.

4) 읽은 책의 내용과 형식을 모방해 글짓기 연습을 하라.

5) 친구들과 함께 모여 책을 읽어라.

6) 기존의 틀에 얽매이지 말고 자유롭게 독서하라.

7) 철이 들면 책을 읽을 테니 조급해하지 마라.

— 최효찬, 《세계 명문가의 독서교육》, 바다출판사, 2010, 194쪽.

위 내용은 실학자로 알려진 연암 박지원 가의 독서비법을 정리한 것이다. 나는 이 비법을 필사해놓고는 가끔 쳐다보곤 한다. 조선시대 학자가 남긴 것이라고는 믿기지 않을 만큼 현재 우리에게도 맞아떨어지기도 하고, 이런 독서비법을 후대에 전하는 대학자의 모습에 부러움과 존경스러운 마음이 들었기 때문이다.

교육이란 앞선 지식인들이 행했던 경험에서 나온 지식들을 배우고 익힌 후 연구하여 학문에 깊이를 더하거나, 더 나아가 그를 바탕으로 새로운 학문을 탄생시키는 일일 것이다. 그런 의미에서 독서는 과거나 현재 시대를 막론하고 학문에 있어서 매우 중요하게 익혀야 하는 분야다. 이런 내용은 동서양 구별 없이 많은 선조들에게서 찾아볼 수 있다.[20]

독서의 역할 모델을 찾아야 한다는 이야기를 하기 위해 조선시대 학자인 박지원의 독서비법을 인용하며 시작한 글이다. 인용글을 통해 독서가 오랜 역사를 가진 중요한 일임을 알게 되고, 자신에게 맞는 독서법에 대해서도 생각해보게 될 것이다.

인용으로 시작하는 첫 문장을 쓰기 위해서는 평소 보고, 듣고, 읽은 것들을 잘 정리해두면 도움이 된다.

---

20 윤선희, 《독서가 밥 먹여준다》, 행복한나무, 2019, 140쪽.

그러나 운명은
그리고 타이밍은
그저 찾아드는 우연이 아니다.
간절함을 향한 숱한 선택이 만들어내는 기적같은 순간이다.
주저없는 포기와 망설임 없는 결정들이 타이밍을 만들어낸다.
〈응답하라 1988 김정환 대사 中〉

우리가 흔히 말하는 운명과 기획라는건 결국 스스로가 만들어낸
결과이다. 그동안 너가 살아온 발자취들이 모이고 모여
만들어 낸 어떠한 결과이다. 그 발자취들 속에는 간절함도
있고 포기를 해버리는 순간도 망설이는 순간도 모두 명겨져있다.
그것들이 모이고 모여 기획라는 타이밍을 만들고 운명을 만드는
것이다.

| 그림 13 | 인용글이 꼭 책일 필요는 없다. 자신이 감동을 받았던 여러 매체에서 찾아보는 것도 좋은 방법이다.

인용

그러나 운명은

그리고 타이밍은

그저 찾아드는 우연이 아니다.

간절함을 향한 숱한 선택이 만들어내는 기적 같은 순간이다.

주저 없는 포기와 망설임 없는 결정들이 타이밍을 만들어낸다.

– 〈응답하라 1988〉 김정환 대사 中

우리가 흔히 말하는 운명과 기회라는 건 결국 스스로가 만들어낸 결과이다. 그동안 내가 살아온 발자취들이 모이고 모여 만들어낸 어떠한 결과이다.

그 발자취들 속에는 간절함도 있고 포기를 해버리는 순간도 망설이는 순간도 모두 담겨져 있다.

그것들이 모이고 모여 기회라는 타이밍을 만들고 운명을 만드는 것이다.

4.
개념으로 시작하는 첫 문장
: 'A는 B다'라고 명확하게 시작하라

개념 정의로 시작하는 첫 문장은 내가 개인적으로 가장 선호하는 글쓰기 방식이자 말하기 방식이기도 하다. 개념을 정의하며 말을 하거나 글을 쓰면 같은 개념 선상에서 이해하고 상상할 수 있다. 그런 이유에서 토론을 할 때에도 개념 정의가 중요하다. 같은 용어를 서로 다른 의미로 사용하는 경우도 많기 때문이다. 토론의 주제가 '어린이'라면 어떤 사람은 7세부터 초등학생까지를 어린이로 볼 수도 있고, 어떤 사람은 막연히 유아부터 초등학생들까지를 모두 어우르는 말이라고 생각할 수도 있기 때문이다.

개념을 정의하는 것은 어떤 이야기를 하려고 하는지 미리 배경지식을 알려주는 역할을 하기 때문에 독자들의 이해도를 높이고 계단을 한 걸음, 한 걸음 함께 올라가는 방법이다. 그러기 위해서는 쓰고자 하는 주제에 대해 미리 지식을 갖추어야 한다. 주제와 관련된 핵심어를 찾고 그중에서 어떤 개념을 시작으로 하여 글을 완성해나갈지 선택하고, 전략을 짤 수 있기 때문이다.

> 마인드맵이란 "마음속에 지도를 그리듯이 줄거리를 이해하며 정리하는 방법이다. 핵심 단어를 중심으로 거미줄처럼 사고가 파생되고 확장되어가는 과정을 확인하고, 자신이 알고 있는 것을 동시에 검토하고 고려할 수 있는 일종의 시각화된 브레인스토밍 방법이다."(《특수교육학용어사전》, 국립특수교육원, 2009.)
> 생각의 지도를 그려내는 일은 매력적이다. 보이지도 않고 만질 수도 없는 생각을 지도로 그려내다니, 얼마나 신기한 일인가.[21]

    개념 정의로 글을 시작하기 위해서는 먼저 주제 관련 핵심어를 정리해본다. 그래야 어떤 개념을 먼저 풀면서 시작하면 좋을지 알 수 있다. 글쓰기는 본격적으로 쓰는 시간보다 주제를 설정하고, 쓸 이야기를 찾고, 개요를 짜는 시간이 더 중요하다. 이 글은 마인드맵이라는 핵심 용어를 개념 정의하며 풀어나가고 있다. 이런 글들을 읽으며 자신이라면 어떻게 쓸지 생각해보자.

---

21 백승권, 《글쓰기가 처음입니다》, 메디치, 2014, 25쪽.

국어사전은 허영을 분수에 맞지 않는 외관상의 영예 또는 필요 이상의 겉치레라고 풀이하고 있다. 그러나 보편적인 인간들은 누구나 허영을 가지고 있다. 자신의 영예를 드높이고 싶은 욕구 자체는 문제될 건덕지가 없다. 단지 분수에 맞지 않는 외관상의 겉치레가 문제인 것이다.

분수에 맞지 않는 욕구를 충족시키려면 자연히 푼수를 떨기 마련이다. 아기의 유모차 하나 장만하기도 벅찬 주제에 할리데이비슨을 타고 전국을 누비고 다니는 남자.[22]

사전적인 개념 정의를 시작으로 생각을 풀어내며 글을 이어가고 있다. 글을 읽는 독자들은 허영의 개념 정의를 읽으며 허영에 대해 이해하기도 하고 관련된 생각들도 떠올릴 것이다. 또 이어지는 허영의 사례들을 읽으며 주제에 대한 작가의 생각에 찬성하거나 반대하는 의견을 가지게 된다.

사전적인 개념 정의는 마치 정답을 말하는 것과 같은 힘이 있다. 반박하기 어렵게 하는 것이다. 거기에 생각을 통일시키고, 주제에 대해 같은 지식을 배경으로 생각할 수 있게 한다.

국어사전에서는 문장을 한 줄거리의 생각이나 느낌을 글자로 기록해 나타낸 것이라고 풀이하고 있다. 예전에 나는 어떤 연유로 국어사전에서 대추라는 단어를

---

22 이외수, 《글쓰기의 공중부양》, 해냄, 2007, 110쪽.

찾아본 적이 있었다. 국어사전은 대추를 대추나무에서 열리는 열매라고 풀이하고 있었다. 그래서 이번에는 대추나무를 찾아보았다. 국어사전은 대추나무를 대추가 열리는 나무라고 풀이하고 있었다. 젠장. 국어사전은 어떤 단어를 찾아보아도 철저하게 감성이 배제된 풀이만 매달고 있었다. 나는 그때 감성이 철저하게 배제된 언어는 기호에 불과하다는 생각을 했다.[23]

위 글의 소제목은 '문장의 사전적 의미'이다. 이 글은 문장의 사전적 의미, 즉 개념 정의로 시작하지만 자신의 경험을 섞어서 쓰고 있다. 이런 글을 읽으며 첫 문장 쓰기의 비법을 자연스럽게 배울 수 있을 것이다. 이런 방식을 참고하여 다른 주제를 잡아 글을 쓰며 연습해보자.

컬러링이란, 색깔을 입힌다는 뜻을 지닌 단어로
밑 그림 도안이 있으면 그 도안 선에 맞춰 안쪽 색칠을
해 나아가는 작업이다. 이미 그려놓은 그림에 채색만
하는 것이 뭐가 매력적이냐고 할 수 있지만
같은 그림이라도 어느 색을 입히느냐에 따라 달라지는
재미와 다른 생각이 하나도 나지 않게 해주는
단조로움 또한 그에 매력이다.

| 그림 14 | 개념 정의로 시작할 때는 어떤 개념을 들어 설명하는 것이 전체 글을 풀어나가는 데 도움이 될지 생각해보는 것이 좋다.

---

23 이외수, 《글쓰기의 공중부양》, 해냄, 2007, 91쪽.

개념 정의

컬러링이란, 색깔을 입힌다는 뜻을 지닌 단어로

밑그림 도안이 있으면 그 도안 선에 맞춰 안쪽 색칠을 해나가는 작업
이다.

이미 그려놓은 그림에 채색만 하는 것이 뭐가 매력적이냐고 할 수 있
지만 같은 그림이라도 어느 색을 입히느냐에 따라 달라지는 재미와
다른 생각이 하나도 나지 않게 해주는 단조로움 또한 그 매력이다.

5.
결론으로 시작하는 첫 문장
: 그래서 결론은 ○○○이다

모든 이의 취향에 맞는 글을 쓰기는 쉬운 일이 아니다. 마찬가지로 모두가 싫어하는 글을 쓰는 것도 쉬운 일은 아니다. 이 말은 어떻게 글을 쓰더라도 읽는 사람의 취향에 따라 호불호가 달라질 수 있다는 말이다. 그러니 글을 쓸 때는 편한 마음으로, 하고 싶은 말을 돌리지 말고 먼저 탁! 하고 당당하게 내놓는 글을 써보자.

글은 물론 읽는 사람을 생각해야 하지만, 그보다 먼저 글을 통해 하고 싶은 말이 있어서 쓰려고 했음을 기억하는 것도 중요하다. 그래서 숙제, 수행평가 등 자발적으로가 아니라 어쩔 수 없이 글을 써야만 하는 상황에서 주로 글쓰기가 이루어지는 것이 안타깝다. 그러니 이번에는 내가 하고 싶은 말을 먼저 꺼내는 글, 즉 결론으로 시작하는 문장을 써보자. 이 방법은 내가 하고 싶은 말을 한다는 점에서도 좋지만 독자들의 이해도를 높이는 전략으로도 좋다.

책을 읽다 보면 같은 의미의 말들이 반복되는 듯한 느낌을 받는다. 매우 당연한 현상이다. 작가는 책을 쓸 때 무엇을, 어떻게 쓸 것인가를 고민하면서 단어 하나로 시작해 자신이 하고 싶은 말을 한 문장으로 쓰는 것으로 장대한 책쓰기라는 고행의 길로 들어서기 때문이다. 200페이지가 넘는 글이 모두 말하고 싶은 한 문장을 향하고 있을 것이다. 그러니 글의 시작부터 결론을 쓰는 것도 글쓰기의 좋은 전략이라고 할 수 있다. 읽는 사람이 무슨 이야기를 하는지 이미 알고 시작하기 때문이다.

위의 글은 결론으로 시작하는 문장을 쓰라는 말을 하기 위해 써본 글이다. 서론이 너무 긴 듯하지만, 그것이 바로 이 글의 전략이다. 결론으로 시작하는 문장과 그렇지 않은 문장을 비교하기 위해 쓴 문장이다. 다음 글은 결론을 먼저 쓰면서 시작했다. 앞의 글과 다른 점을 느껴보자.

결론으로 시작하는 첫 문장 쓰기를 하라.
자신감 넘치는 사람이 매력 있어 보이는 것처럼 글쓰기도 마찬가지다. 하고 싶은 말을 자신감 있게 맨 처음 쓰는 것이 좋다. 결론으로 시작하는 문장은 어떤 이야기를 하려고 하는지 미리 알려주는 예고편 같은 역할을 하기 때문에 독자들이 글을 이해하는 것을 돕는다. 어떤 말을 하려고 하는지 알기 때문에 맥락적인 이해도가 높아지는 까닭이다.

처음 글과 비교하면 두 번째 글이 읽기에 더 수월할 것이다. 읽던 글을 덮고 어떤 글이었는지 질문한다면 아마도 첫 번째 글에서는 글쓰기에 관한 내용이었다는 전체적인 느낌을 주로 대답하겠지만, 두 번째 글에 대해서는 '글을 쓸 때 결론부터 시작하라는 것'이라는 구체적인 대답을 할 수 있을 것이다.

앞에서 설명했듯 이렇게 결론으로부터 시작하는 것은 두괄식 구성의 글이다. 글의 종류와 글쓴이의 의도에 따라 선택해서 쓰기 바란다.

1957년, 레온 페스팅거는 사회심리학 분야의 선구적인 책 《인지부조화 이론》을 발표한다. 이 책에 따르면, 인간은 자신의 신념과 행동 사이에서 조화로운 지점을 찾으려는 경향이 있으며 이 조화가 무너질 때 심리적 불안감을 겪는다. 또한 이 불안감을 해소하기 위해 인간이 최우선 목표로 삼는 것은 자신의 자존감을 지켜내는 것이다.

페스팅거는 평범한 실험 하나를 진행했다. 실험 참가자들은 극도로 지루한 과제를 수행하는데, 그 대가로 어떤 참가자는 1달러를 받고 어떤 참가자는 20달러를 받았다. 참가자는 과제를 완수한 뒤에 자신의 뒤를 이어 과제를 수행하는 사람에게 과제가 얼마나 재밌었는지 말해주어야 했다. 실험 결과, 1달러를 받은 참가자들은 20달러를 받은 참가자들에 비해 과제가 훨씬 더 재밌었다고 답하는 경향이 있었다.[24]

이 글의 제목은 '인지부조화 이론'으로, 결론에 해당하는 인지부조화 이론을 설명하며 시작하고 그 뒤에 예를 들어 이야기를 뒷받침하며 풀어나가고 있다. 첫 문장부터 주제에 대해 설명하면 심리 전문가가 아닌 일반 독자들의 이해를 돕고, 배경지식을 바탕으로 계속적으로 주제를 상기시킬 수 있다.

| 그림 15 | 결론으로 시작하는 문장은 뒷 문장을 이해하기 쉽게 해준다.

---

24 리 매킨타이어, 《포스트 트루스》, 두리반, 2019, 59쪽.

결론

난 집에서 밀푀유나베를 만들어 먹을 거다.

엄마 아빠가 토요일에 여행을 간다. 고로 나는 집에 혼자 있을 테고 끼니를 어떻게 해결해야 하나 고민이 든다.

내가 잘하고 좋아하는 밀푀유나베를 해 먹고 싶지만 재료값을 지불하고 나면 용돈이 얼마 남지 않는다.

며칠 전 친구에게 햄버거 기프티콘을 선물받았는데 그걸 사용할까 고민이 됐다.

하지만 난 메뉴가 중요하므로 돈이 조금밖에 남지 않더라도 결론은!! 밀푀유나베 재료를 고르러 장을 보러 가야겠다.

6.
이야기로 시작하는 첫 문장
: 감동 스토리는 백문이 불여일견

첼로의 대가이자 96세였던 첼리스트 파블로 카잘스에게 기자가 물었다. 하루에 6시간씩 빼놓지 않고 연습하는 이유가 뭐냐고. 카잘스는 미소 지으며 자신의 실력이 조금씩 나아지고 있다고 대답했다. 카잘스의 일화를 자녀들에게 들려줄 마땅한 타이밍을 찾는다면 어떤 일이든 연습이 필요하다든가, 무슨 일이든 반복해서 하면 실력이 향상된다는 말을 해주고 싶을 때가 적당할 것이다.

카잘스뿐만 아니라 우리 모두는 무엇인가를 배우기 위해 수많은 시행착오를 겪는다. 처음 걸음마를 배울 때 최소 2000번 이상을 넘어지고 주저앉는 실패를 겪는다는 말을 들어본 적이 있을 것이다. 태어날 때부터 걸었던 것처럼 자연스러운 걷기조차도 수많은 실패를 겪으며 한 발 한 발 도전한 노력의 결과다. 결국 하품이나 눈물 같은 동물적 본능으로 할 수 있는 일이 아닌 한 뭔가를 배우기 위해서는 시행착오와 함께 반복된 노력이 중요하다. 뭔가를 배우기 위해서는 그만큼의 시간을 투자해야 하는 셈이다.[25]

이야기로 시작하는 첫 문장은 이야기가 재미있고 주제와 관련성이 높다면 굳이 별다른 노력을 하지 않아도 설득력을 높일 수 있다. 예시를 든 위의 글처럼 실제 있는 이야기라면 소설 속의 이야기를 인용하는 것보다 효과적이며, 말하고자 하는 주제에 더욱 공감하게 할 수 있다. 사실이 바탕이 된다면 읽는 사람으로 하여금 글쓴이가 말하는 것이 실현 가능한 일임을 믿게 하고, 전체 글에 신뢰를 갖게 한다. 평상시에 실제로 있었던 이야기들을 잘 기억해두었다 쓰면 배경지식의 부족한 점까지 채워줄 수 있을 것이다.

그러나 주의할 점도 있다. 이야기를 글의 소재로 쓰기 위해서는 자료 조사를 통해 정확한 정보를 확인한 후 써야 한다. 자료 조사를 하지 않아 낭패를 본 사례는 많다. 한 축구해설가가 허위로 조작된 정보를 믿고 책에 옮겨 적은 경우가 그 예이다. 스렉코비치 선수가 경기를 뛰는 장면에서 사진상의 착시효과로 왼팔이 보이지 않는 사진이 있었는데, 이것이 장애를 가진 축구선수의 사진이라며 잘못 알려지고 SNS를 타고 퍼져나가면서 온갖 이야기가 덧붙어버렸다. 그런데 이를 사실로

---

25 윤선희, 《독서가 밥 먹여준다》, 행복한 나무, 2019, 66쪽.

여긴 한 해설가가 자신의 책에 사례로 넣었다가 이후 사실이 아닌 것으로 밝혀지면서 일파만파로 문제가 되었던 것이다. 그러니 글을 쓸 때 활용할 자료들은 철저한 사전 확인 절차가 필요하다.

이수현이란 이름을 들어보았나요? 이수현 씨는 일본 도쿄에서 공부를 하던 유학생이었습니다. 2001년 1월 어느 날, 그는 아르바이트를 마치고 귀가하던 중에 지하철역에서 술 취한 사람이 선로에 떨어지는 것을 보았습니다. 지하철이 곧 도착한다는 신호가 울렸지만 사람들은 비명만 지를 뿐 아무도 구할 엄두를 내지 못하고 있었지요. 바로 그때 그가 선로로 뛰어내리자 다른 일본 사람 한 명도 뛰어내렸고, 그들은 함께 술 취한 사람을 구하려고 했습니다. 그러나 그 순간 들어오던 지하철에 치여 결국 모두 죽고 말았습니다.[26]

이 글의 소제목은 '이타적이라 불리는 사람들'이다. 먼 타국에서 사람을 살리고자 용기 있는 행동을 했던 이수현이라는 사람의 이야기로 시작한다. 이타적이라는 말이 무슨 말인지 몰랐던 사람도 어떤 행동을 이타적이라고 하는지 알게 될 수밖에 없는 적절한 시작이다.

이런 방법은 말하기에서도 자주 사용된다. 어려운 주제라도 이야기를 잘 선택하면 가볍게 시작할 수 있고, 집중력도 높일 수 있다. 무엇보다 앞의 예처럼 쉽게 이해할 수 있도록 한다.

---

26 최훈, 박의준, 《생각을 발견하는 토론학교》, 우리학교, 2011, 38쪽.

이야기가 실제적인 사례라면 더욱 좋지만 실제적인 사례가 아니어도 상관관계가 높다면 효과를 낼 수 있다. 평소에 독서를 통해 이야기를 알아두거나 뉴스 등을 통해 다양한 이야기를 접하는 것도 도움이 된다. 특히 시사적인 이슈로 시작하는 글은 시기적절한 글이 된다는 점에서 관심도를 높일 수 있다.

[MBC 특집] 퀸연아! 나는 대한민국이다에서 PD가 빙판에 오르기 전 스트레칭을 하는 김연아에게 무슨 생각하면서 하냐는 질문을 던지자 '무슨 생각을 해.. 그냥 하는거지 (웃음)'이라고 답했다. 어떤 분야에 최고가 되려면 저렇게 습관이 되어야 하는구나 하기싫다 하고싶다 재미있다 재미없다가 아닌 일상으로 녹이는 것 그게 중요하다는 사실이 와닿았다.

|그림 16| 이야기로 시작할 때 실제 사례라면 공감 효과를 높일 수 있다.

이야기

[MBC 특집] 퀸 연아! 〈나는 대한민국이다〉에서 PD가 빙판에 오르기 전 스트레칭을 하는 김연아에게 무슨 생각 하면서 하냐는 질문을 던

지자 "무슨 생각을 해… 그냥 하는 거지(웃음)"라고 답했다.

어떤 분야에 최고가 되려면 저렇게 습관이 되어야 하는구나.

하기 싫다, 하고 싶다, 재미있다, 재미없다가 아닌, 일상으로 녹이는

것, 그게 중요하다는 사실이 와닿았다.

사전적인 정의가 첫 문장을 살린다

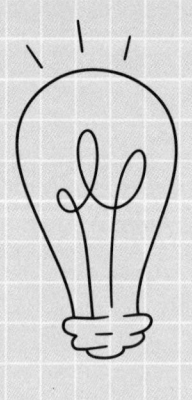

'햄릿 증후군'이라고 불리는 증상이 있죠. 영국의 극작가 윌리엄 셰익스피어의 희곡 《햄릿》의 주인공처럼 빨리 결정을 내리지 못하고 오랫동안 고민하는 사람들의 증세를 일컫는 말입니다. 햄릿은 삼촌이 자기 아버지를 죽이고 어머니를 데려가자 '자살할 것인지, 그를 죽일 것인지'를 놓고 며칠 밤을 고민하고 번민합니다. 이 상황에서 햄릿이 외친 "죽느냐, 사느냐 그것이 문제로다"라는 유명한 대사 때문에 '햄릿 증후군'이라는 말이 생겼습니다. 1989년 처음 명명된 이 증후군은 선택의 갈림길에서 무엇을 선택할지 잘 몰라서 고통스러워하는 심리상태를 말합니다.

여러분은 결정장애를 앓고 있나요? 본인이 결정장애를 앓고 있는지 간단히 확

인해볼 수 있는 자가진단법이 있습니다.[27]

팁　　　　햄릿 증후군이라는 개념을 소개하며 결정장애에 대해 설명하고 있다. 사전적인 개념 정의가 아닌 이야기 같은 개념 정의여서 재미있게 이해할 수 있다.

따라 쓰기 팁　　자신이 쓰려는 글의 개념과 관련된 일화가 없는지 찾아보고, 이야기 식의 개념 정의로 풀어본다.

27　정재승, 《열두 발자국》, 어크로스, 2018, 73쪽.

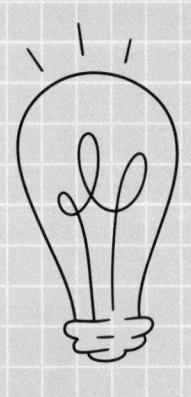

중요한 이야기를 먼저 하라

흐르는 물처럼 살려면 망설임을 측정할 수 있는 능력을 키워야 합니다. 그리고

왜 망설이는지를 알아채야 합니다. 왜 나는 망설일까요? 쉽게 알기 어렵습니다.

망설임이라고 하는 현상은 단순해 보이지만 생각보다 꽤 복잡합니다.

우리는 완벽하기 위해서 망설입니다. 자기에게 부족한 구석이 있다는 것을 받아

들이기 힘들어서 내 마음은 나에게 말합니다.[28]

> **팁**   '완벽함이라는 함정에 빠지다'가 소제목이다. 망설임의 이유
>
> 를 알아채야 한다는 결론으로 시작하여 그 뒤에 망설임과 완벽함에 대한

---

28   정도언, 《프로이트의 의자》, 웅진지식하우스, 2009, 144쪽.

이야기로 이어지고 있다.

따라 쓰기 팁　　결론을 먼저 쓴 뒤 설명하는 방식을 통해 설득력 높은 이야

기로 풀어 써보자.

부록

바로 배워 바로 쓰는 셀프 퇴고 3단계

"모든 초고는 쓰레기다."

글쓰기와 관련되어 자주 언급되는 헤밍웨이의 말이다. 나는 글쓰기 수업 시간에 '모든 ○○은 쓰레기다'라는 문장을 주고 ○○ 부분을 채워보는 시간을 갖곤 한다. 물론 맞추는 학생은 없다. 하지만 특히 퇴고 수업을 할 때 강한 인상을 줄 수 있는 말일 것이다. 세계적인 작품을 쓴 헤밍웨이 같은 대가들도 글을 다듬어가며 썼다는 것을 알 수 있고, 우리에게도 글을 다듬는 시간이 반드시 필요하다는 것을 알게 된다.

나도 학생 시절에는 마지막으로 글을 가볍게 다시 읽어보는 것만으로 글을 완성했다고 생각했다. 그러다 돈을 받고 글을 쓰기 시작하면서 비로소 보고 또 보고, 전전긍긍하며 고치게 되었다. 때로는 주제가 맘에 들지 않아 전체 글을 다시 쓰는 경우도 허다했다. 퇴고 정도가 아니라 글을 낱낱이 분해해서 다시 곱씹고, 되씹었다. 그럼에도 활자화된 글을 마주하면 여전히 고쳐야 할 부분들이 보였다. 글을 쓰고 시간이 지나고 나니 그제야 객관적으로 볼 수 있었던 것이다.

자신의 단점을 스스로는 알기 어려운 것처럼, 글 역시 쓰는 동안 익숙해지기 때문에 고치는 과정이 쉽지 않다. 자신의 글을 객관적으로 읽는 노력이 필요하다.

퇴고는 글을 쓰는 사람이라면 반드시 거쳐야 하는 과정이다. '셀프'라는 이름을 붙였지만 다른 사람의 도움을 받아도 좋다. 친구들에게 수정할 부분을 찾아달라고 해도 좋고, 자신의 목소리로 녹음한 후 비문이나 어색한 부분 등을 고쳐도 좋다. 무슨 방법을 쓰든 상관없지만, 글을 쓴 뒤 다듬어나가는 시간은 꼭 필요하다.

때로는 잘 쓰려고 하는 마음이 글을 쓰기 어렵게 할 수도 있다. 처음 쓸 때는 마음껏 자신의 생각을 풀어내서 편하게 써보자. 나중에 퇴고를 하면서 고치면 된다. 우리에겐 퇴고의 시간이 기다리고 있으니 말이다. 그러니 마음껏 쓰고, 퇴고 단계에서 정성껏 돌아보도록 하자. 한 번에 잘 쓰고자 하는 것보다 여러 번 퇴고의 과정을 거치며 고쳐 쓴 글이 훨씬 좋은 글이 될 수 있다. 과감히 쓰고, 잘 고쳐보자.

1) 1단계 : 소리 내어 읽어라! 그러면 나의 글이 보인다

스스로를 객관화시켜 보는 것은 쉬운 일이 아니다. 말과 글의 경우에도 그렇다. 자신이 한 말이나 글에서 문제를 찾거나 반대로 창의적이고 좋은 부분을 찾기는 어렵다. 그래서 셀프 퇴고 과정은 절대로 쉽지 않다. 책을 출판하는 과정에서도 몇 번에 걸쳐 교정을 보지만 출간된 후에도 수정해야 할 부분이 남아 있는 경우가 종종 있다. 물론 작은 오타 정도일 때도 있지만, 때로는 주어와 서술어의 호응처럼 중요한 부분일 때도 있다.

'소리 내어 읽어라! 그러면 나의 글이 보인다'라는 위의 제목은 크게 소리 내어 읽고, 자신이 고쳐야 할 부분을 깨우치라는 의미다. 경험에서 우러나오는 것이니 설득력 높은 제안이 될 것이다.

글쓰기 수업 시간에 글을 다 쓰고 나서 발표를 할 때 많은 학생들이 비슷한 현상을 보인다. 바로 글을 읽으면서 멈칫대거나 말을 더듬는 듯한 모습을 보이는 것이다. 이 글을 읽는 여러분도 그런 경험이 있을 것이다. 이때 멈칫거리는 이유는 자신이 쓴 글에서 어색하거나 잘못된 부분을 발견했기 때문이다. 다시 보면 맞춤법이 틀렸거나, 문장이 비문이거나, 내용이 중복되는 등 다양한 이유로 고쳐야 할 부분을 찾을 수 있다.

학생 시절 수업 시간에 선생님이 교과서를 낭독시키는 이유는 같이 글을 읽고 수업을 진행하기 위한 것인 줄로만 알았다. 그러나 독서에 대해 공부하다 보니 낭독에는 글을 해독하는 능력이나 읽기 과정에 대한 점검의 의미도 있다는 것을 알았다. 낭독을 하면 글을 영혼 없는 기호로만 이해하지 않고 맥락을 파악하면서 글 속의 감정도 더 깊이 파악할 수 있다고 한다. 따라서 독서에서 낭독은 중요한 읽기 과정의 하나이다.

이제는 묵독으로 자신의 글을 읽으며 고치는 습관도 바꿔보자. 눈으로만 글을 따라가는 것이 아니라 능동적인 자세로 소리 내어 읽어보도록 하자. 흔히 말하듯 '영혼 없이' 글을 읽으면 아무것도 찾아낼 수 없을 것이다. 그러니 매의 눈으로, 고쳐야 할 부분을 반드시 찾아야 한다는 각오를 다지며 읽어보도록 하자. 주어와 서술어의 호응, 문장의 어미가 통일되지 않은 부분 등등 자연스럽지 않게 읽히는 부분을 찾게 될 것이다.

2) 2단계 : 지인 찬스를 쓰자! 지적질은 내 글을 살찌운다

훈수라는 말을 들어본 적이 있을 것이다. 남의 일에 끼어들어 이래라저래라 하는 것을 두고 하는 말이다. 훈수를 두게 되는 이유는 직접적인 당사자는 보지 못하는 것을 제3자의 입장에서는 볼 수 있기 때문이다. 그것도 마치 하늘을 나는 새가 땅을 내려다보는 조감도처럼 보는 것이다.

퇴고 시에는 지인 찬스를 쓸 수도 있다. 이것 역시 자신의 글을 봐줄 누군가를 스스로 선택하고, 받아들이는 과정이기 때문이다. 자기주도 학습과도 같은 의미라 할 수 있다. 혼자 하는 것만이 아니라 자신에게 맞는 다른 형태의 것을 선택할 것인지 등을 결정하는 것까지 포함된다.

처음 글을 쓸 때는 과제를 내준 누군가의 지시, 혹은 과제에 제시된 지시문에 따라 글을 썼을 것이다. 독자를 굳이 정할 필요를 못 느끼고, 추상적인 대상을 상정하고 썼을 것이다. 그러나 지인 찬스를 통해 퇴고 단계를 밟는다면 어느 순간 지인을 독자로 상정하게 될 것이다. 실제적인 독자를 생각하며 글을 쓰게 되는 것이다.

이런 경우 장단점이 있다. 독자가 미숙하다고 느끼면 다소 쉽게 글을 쓰려고 할 것이고, 읽기에 능통한 독자라면 글을 쓰면서 은근히 스트레스를 받을 수도 있다. 이럴 경우 좋은 점은 은연중에 독자를 고려하는 법을 배울 수 있다는 것이고, 단점은 최악의 경우 독자 한 명의 취향만을 생각하는 글을 쓰게 될지도 모른다는 것이다. 그러니 지인 찬스를 쓸 경우 적어도 세 명의 지인에게 부탁하기 바란다. 삼세판이라는 말도 있지 않은가? 하다 못해 가위바위보를 할 때도 삼세판을 하니 말이다.

지인에게 글을 읽어달라고 부탁할 때도 방법이 있어야 한다. 친구가 글을 읽고 평가를 해달라고 하면 대개는 난감해하며 뭉뚱그려서 좋다, 잘 썼네, 잘 모르겠어 등 추상적인 감상평만 할 것이다. 그러니 글을 읽어달라고 하면서 평가에 대한 세부 항목을 조목조목 적어주는 것이 좋다. 일명 '조목조목 체크리스트'랄까? 그래야 평가를 해야 하는 지인도 막막한 마음이 들지 않고 하나하나 정성 들여 체크리스트를 채워줄 것이다.

나도 종종 지인 찬스를 쓰곤 한다. 원고를 쓰고 출판사에 넘기기 전, 또는 초고 원고를 쓰고 잠시 원고와 떨어져 생각을 가다듬는 동안 부탁을 하는데 읽으면서 이해가 안 되는 점, 예시가 필요하다거나 군더더기 같다고 느껴지는 부분, 혹은 창의적인 제시 등 체크 사항을 상세히 알려준다.

물론 지인들의 평가에 대해 처음부터 흔쾌히 수긍하지는 못한다. 어떨 때는 직접 써보면 이 부분이 얼마나 쓰기 어려운지 알 텐데, 하는 마음이 들기도 하고, 어떨 때는 더 많이 공부를 하고 썼어야 했다는 반성이 들기도 한다. 그러나 마음을 가다듬고 다시 들여다보며 글을 고치다 보면, 역시나 내가 평면적으로 보았던 것을 제3자는 입체감 있게 본다는 것을 새삼 깨닫게 된다. 뭔가 밍숭밍숭하다거나 얼버무리고 지나갔다는 느낌을 가졌던 부분을 콕콕 집어내는 경우가 많았기 때문이다.

그러니 처음에 한 번은 남의 글을 읽는 것처럼 지인이 지적한 것을 읽고, 다음은 선생님께 가르침을 받는 것처럼 읽고, 또 마음을 가다듬고 다시 읽으면서 반면교사로 삼아야 할 것이다.

이런 식으로 퇴고를 한다면 스승을 두고 글쓰기를 배우는 것만큼이나 내공을 쌓을 수 있다. 결국 글은 혼자 쓰는 것이고, 글쓰기도 스스로 방법을 터득해야 하는 것이기 때문이다. 그렇지만 한편으로는 글에 대한 이야기를 나누는 것이 도움이 되기도 한다. 글 평(글 읽고 평가하기)을 해보라는 것이다. 자신의 글에 대해 친구와 이야기를 나누다 보면 글이 객관적으로도 보이지만 무엇이 부족하고, 무엇이 과했는지도 알 수 있게 된다. 고민이 있어 친구와 이야기하다 보면 무엇을 어떻게 해야 하는지 마음으로 이미 답을 알고 있었음을 깨달을 때와 같다.

유진 내 글을 읽고 평가를 부탁할게. 글을 다 쓰고 퇴고를 해야 하는데, 내가 쓴 글이라 그런지 계속 읽어도 뭔가 이상하긴 한데 못 찾겠어.

지우 앗, 나는 글을 못 쓰는데……. 게다가 맞춤법하고 띄어쓰기가 너무 어려운데…….

유진 그럼 소리 내서 한 번만이라도 읽어줘. 읽으면서 제목이랑 글의 전체와 잘 맞는지, 읽으면서 무슨 소리인지 이해가 안 되는 부분은 없는지, 빼거나 더해야 하는 부분은 없는지 등등 네가 생각나는 것을 편하게 이야기해줘.

지우 그럼 소리 내서 읽으면서 해볼게. 나중에 기분 나빠하기 없기다!

유진 지금은 네가 글쓰기 선생님이 되어서 이야기해주는 거니까 감사히 받아들이고 고치도록 해볼게. 꼼꼼히 읽고 한 수 알려줘.

아마도 지우가 이야기해주는 부분은 유진이도 쓰면서 힘들었거나 뭔지 모르게 어색하거나 했을 확률이 높다. 이미 자신도 문제를 파악했지만 어떻게 고쳐야 할지 모르는 경우가 많다. 이때 다 읽고 이런저런 이야기를 함께 하다 보면 어떻게 고쳐야 할지 아이디어를 얻을 수 있다. 마치 토론을 하고 글을 쓰면 쓸거리가 더 많아지고, 써야 할 순서도 쉽게 정해지는 것과 같다.

3) 3단계 : 문장을 다듬어라! 나의 글이 달라진다

일에 익숙해지기 위해서 미리 단계를 정해놓고 반복하는 것이 좋다. 퇴고하기에도 이런 단계가 필요하며 절차를 만들어두고 반복해야 한다. 그래야 어느 순간 자신도 모르는 사이에 퇴고가 몸에 밴 습관처럼 글쓰기의 자연스러운 단계로 자리 잡는다. 문장은 다듬으면 다듬을수록 좋아질 수밖에 없다.

퇴고 시에는 습관화시키기 위해 순서를 정해야 한다. 보통은 글을 쓰고 수정 단계에서 선생님의 첨삭을 받고 고쳐왔으니, 퇴고의 순서에 대해서는 생각하지 않았을 것이다. 처음부터 읽어내려가면서 어색한 부분을 고치거나 맞춤법, 띄어쓰기 등을 고쳤을 것이다. 사실 그렇게 하는 것만 해도 훌륭하다. 대부분 글을 쓴 후에는 다시 읽는 사람들이 많지 않고, 다시 읽어도 고쳐야 하는 부분을 잘 찾지 못하기 때문이다.

어떤 일이든 그렇지만 자신만의 방법을 찾는 것이 좋다. 그리고 나만의 방법은 시행착오를 통해 배울 수 있다. 기억할 것은 퇴고 단계를 습관으로 만들어야 힌다는 깃이다.

우선은 글을 전체적으로 읽고 주제와 맞는 내용인지 살펴보자. 글을 아무리 수려하게 잘 썼다고 하더라도 주제와 맞지 않는다면 아무런 소용이 없다. 글 전체가 하나의 주제로 향해야 하며 중언부언하는 부분이 없어야 한다.

다음으로 단락이 잘 나뉘어 있는지 살펴본다. 소주제가 명확하게 드러나도록 생각의 덩어리를 잘 나누어 썼는지 분석해보자. 단락에는 1:1의 법칙이 있다. 하나의 단락엔 하나의 소주제가 있어야 하며, 전체적인 글이 큰 주제를 향해 있는 것처럼, 단락 역시 하나의 소주제를 향하는 내용이어야 한다.

셋째, 단락과 단락의 연결이 자연스러운지도 살펴보자. 그리고 꼭 있어야 하는 문장이나 단어가 아니라면 과감히 뺀다. 특히 접속사의 남발, 조사의 과도한 사용은 자제한다. 또 어휘의 적절성도 살펴본다. 비속어, 은어 등은 삭제하고 정확한 뜻에 맞게 단어를 사용했는지도 살펴보자. 그리고 나서 마지막으로 맞춤법과 띄어쓰기 등을 고친다.

퇴고의 단계 정리

① 전체적으로 읽고 주제와 맞는지 살펴본다.

② 단락의 소주제와 내용이 잘 연결되어 있는지 본다(1:1의 법칙).

③ 단락과 단락의 연결이 매끄러운지 본다.

④ 뺄 것은 빼고, 보탤 것을 보탠다(접속사, 조사, 어휘, 비속어, 은어 등).

⑤ 맞춤법과 띄어쓰기를 본다.

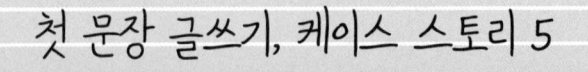

2.
첫 문장 글쓰기, 케이스 스토리 5

1) '간단'하게 쓰라는데 '간단하게'가 뭐예요?

'간단하게 쓰기'가 어떻게 쓰는 거냐고 학생이 질문한다. 선뜻 질문이 이해되지 않았다. 간략하게 쓰라는 것도 아니고 가벼운 마음으로 쓰라는 것도 아니고 '간단하게'는 무슨 요구사항인지 애매했다.

학생의 설명은 이렇다. 선생님이 쓰기 과제를 주셨는데 어떻게 써야 하냐고 질문했더니 간단하게 써오라고 하셨다고 한다. 그런데 정말로 간단하게 몇 줄만 써 갔더니 당황스럽게도 화를 내셨다는 것이다. 그것이 마음에 남아서였는지, 간단하게 쓰라는 것의 의미에 대해 질문한 것이었다.

그렇다면 '간단하게'라는 말이 의미하는 것은 무엇일까?

내 생각에는 선생님이 원하셨던 것은 아마도 분량을 상관하지 말고 하고 싶은 말을 쓰라는 의미였거나, 장황하게 쓰지 말고 간결하게 쓰라는 말이 아니었을까 한다. 학생은 쓰기 싫은 마음에 그것을 자신이 원하는 대로 무조건 짧게 쓰라는 말로 해석한 것이 아니었을까 싶다.

일기가 아닌 글을 쓸 때는 읽는 사람을 고려해야 한다. 읽는 사람이 잘 이해할 수 있을지, 무엇을 궁금해할지 고려해야 하는 것이다. 결국 이런 말 속에는 글의 주제가 드러나게 쓰되, 글의 형식을 지나치게 고려할 필요는 없지만 글을 읽을 때 이해하기 쉬워야 하고 분량은 적당히 써도 된다는 숨은 뜻이 있는 것이다.

간단하게 쓰라는 것이 무조건 짧게 쓰라는 말은 아니다. 글은 주제가 드러나게 써야 하며, 읽는 사람이 잘 이해할 수 있어야 한다. 또 재미가 있어서 끝까지 읽으면서도 시간 가는 줄 몰라야 한다. 아마도 이 모든 것을 다 지켜서 쓰면 분량은 자동으로 해결될 것이다.

2) 어떤 단어를 선택해야 하나요?

글쓰기 수업 시간에 내가 받은 질문 중에 추돌과 충돌의 차이에 대한 질문이 있었다. 이응 하나만 다른 이 두 단어의 의미와 어감상 느낌의 차이를 묻는 것이다.

좋은 글을 쓰려면 다양한 어휘를 공부해두어야 하기도 하지만, 단어 선택도 매우 중요하다. 어떤 작가들은 글을 쓸 때 사전을 끼고 산다고 한다. 이미 써놓은 글인데도 가장 적합하다고 생각하는 최선의 단어를 찾아 수정하고, 종국에는 글을 다시 쓴다는 것이다. 단어 하나가 주는 느낌의 차이가 완연하게 다르기 때문이다. 추돌은 차의 뒤에서 부딪히는 것이고, 충돌은 서로 맞부딪치는 것을 말한다. 그러니 비슷해 보이는 단어이지만 명확한 뜻을 알지 못하고 바꾸어 쓴다면 가해자와 피해자가 뒤바뀔 정도로 엄청난 파장을 불러올 수도 있다.

또 단어의 뜻은 비슷하지만 어감이 상당히 다른 단어들도 있다. 언어의 온도가 다른 것이다. 예를 들어 '아버님 머리에 검불이'라는 말을 '아버님 대가리에 검불이'라고 하면 어감의 차이가 상당하다. 그러나 우리는 책을 읽을 때 대충 흐름만 이해하며 읽는 경향이 있다. 단어의 뜻 하나, 어감의 차이 하나를 중요하게 생각하지 않는 것이다.

단어 선택은 앞서 든 이야기들처럼 정확하게 뜻을 구별해서 써야 한다는 측면에서도 그렇고, 비슷한 의미를 가지고 있지만 어감의 차이가 있다는 점에서도 어려울 수밖에 없다.

글을 쓸 때 단어 하나하나를 선택하는 일이 뇌에서 어떤 메커니즘으로 신행되는 것인지는 설명하기가 쉽지 않다. 뇌에서 일어나는 일이니 본인만이 알 수 있는 영역이고, 어쩌면 본인 스스로도 자각하지 못한 채 일어나는 일이기 때문이다.

어떻든 교과를 공부하거나 독서를 할 때 문장에 쓰인 단어의 의미를 생각하며 정확한 뜻을 알고 쓰는 것이 좋다. 필요할 때마다 적합한 단어를 찾아 쓸 수 있도록 미리 정리하고 장기 기억으로 만들어두는 과정이 필요하다. 초등학교 시절 단어 뜻을 사전에서 찾아보기도 하고, 단어를 익히기 위해 짧은 말 짓기를 했던 것처럼 새로운 단어, 모르는 단어는 미리 익혀두어야 한다. 그것이 단어를 적절하게 선택할 수 있는 평범하지만 최선의 방법이다.

3) 글의 분량은 어떻게 조절하나요?

글을 쓰면서 분량을 조절하는 것은 쉬운 일이 아니다. 특히 글을 아직 자유자재로 쓰지 못하는 사람들에겐 더욱 그렇다. 분량을 조절하기 힘든 이유는 글을 쓰기 전에 무엇을, 어떻게 써야겠다는 큰 그림을 미리 그리지 않기 때문이다. 개요를 짜는 단계에서 글의 분량을 예측하고 글을 써야 한다는 것을 모르거나, 안다고 해도 실패했을 수도 있다.

개요 짜기가 중요하다고 이야기했지만, 개요를 짜지 않고 글을 쓰는 경우가 80퍼센트 이상은 되는 듯하다. 개요를 짠다고 해도 대개는 머릿속으로 어떻게 글을 전개해야 하는지 대강의 흐름만을 생각하고 쓰기 시작한다. 이런 경우 글을 쓰면서 생각이 바뀌기도 한다. 때로는 쓰려던 내용에 대해 알고 있는 지식이 빈약해서 뭘 써야 할지 모르는 경우도 있고, 논술글 같은 경우에는 쓰다 보니 근거가 부족해서 중단하는 경우도 있다. 이런 경우는 모두 명확하게 개요를 짜지 않은 것이 문제이다.

접속사나 중복되는 말을 정리하고 긴 문장을 단문으로 바꾸거나 단문을 중문으로 바꾸거나 등 퇴고하기 과정에서 글의 분량을 줄이거나 늘리는 것은 전체 글의 10퍼센트 내외가 된다. 그러므로 글의 분량을 크게 줄이거나 늘이기는 힘들다. 다시 처음부터 쓰지 않기 위해서는 개요 짜기 단계에서 핵심어만이 아니라 문장의 개요도 함께 짜야 한다. 또 처음, 중간, 끝의 각 부분에 어떤 내용을 어느 정도로 쓸지, 들어갈 문장은 무엇인지 생각해서 탄탄하게 개요를 짜고, 대강의 분량을 생각해야 한다. 그래야 글을 다 쓴 후 분량 문제로 크게 걱정할 일이 없다.

시작이 좋아야 끝이 좋다는 말은 세상의 진리 중 하나가 아닐까? 우리도 이 말을 가슴에 새기고 처음 시작부터 탄탄하게 해보자. 분량 문제를 포함하여, 좋은 글쓰기를 마무리할 수 있을 것이다.

4) '글쓰기는 연습이다'라는데 어떻게 해야 하나요?

글쓰기 연습을 하라는 말을 많이 하지만 어떻게 해야 하냐고 물어보면 일단 열심히 써보라고 대답하는 경우가 많다. 어찌 생각하면 맞는 말 같지만 때로는 성의 없는 것처럼 느껴지기도 한다. 글을 써보지 않은 사람의 대답이라는 생각이 들기도 한다. 살을 빼고 싶다는데 그저 열심히 살을 빼라고 하는 것은 순환논리일 뿐이다. 방법론을 이야기해주어야 하는데 다시 질문으로 대답을 대신하는 격이다.

소림사에 들어가 무술을 배우겠다고 하면 우리가 익히 아는 것처럼 마당 쓸기 몇 년, 물 나르기 몇 년과 같이 긴 기다림의 시간이 있다. 무술을 배우고자 하는 입장에서는 이런 쓸데없는 잡일을 왜 시키느냐고 할지 모르지만, 그 시간은 기초체력이 다져지는 시간이 된다고 한다. 그러니 그런 시간도 허투루 보내는 시간이 아니라 고수가 되기 위해 기초를 닦는 진정한 무술 연마의 시간이다. 마부위침(磨斧爲針), 즉 도끼를 갈아 바늘을 만드는 것과 같다.

이런 맞춤형 교육을 계획한 스님들의 내공을 우리도 배워야 한다. 글을 쓰기 위해서는 일단 글을 왜 못 쓰는지부터 생각해봐야 한다. 마음이 거부하는 것인지, 아는 내용이 없어서인지, 또 다른 이유가 있는지 찾아보고 방해되는 문제를 해결해야 잘 쓸 수 있다. 또 제대로 된 방법으로 글쓰기를 연습해야 한다. 무림의 고수가 되려면 사람마다 자기에게 맞는 교육 프로그램을 선택하여 배우고, 연습해야 한다.

이 책에 소개된 글쓰기 방법들 중에서 자신에게 꼭 맞는 답이 무엇일지도 찾아보고 노력하기 바란다.

5) 맞춤법과 띄어쓰기는 얼마나 중요한가요?

초등학교 때부터 국어 공부를 해왔으면서도 의외로 여전히 많은 것이 맞춤법과 띄어쓰기에 대한 질문이다. 솔직히 나 역시 자신 없는 부분이기도 하다. 한편 이런 질문에는 글을 읽고 이해하는 정도만 되면 되지, 맞춤법이나 띄어쓰기가 좀 틀려도 굳이 문제 삼을 것 없지 않느냐는 답을 원하는 심리도 있는 것 같다. 물론 맥락을 따라 문장을 읽다가 만나는 오타 정도는 유추가 가능하기도 하고 애교로 봐줄 수도 있을 것이다. 그러나 오타가 있다는 것은 글을 쓰고 나서 다시 읽어보지 않았다는 것을 의미할 수도 있다. 이는 퇴고 과정을 거치지 않았다는 것이고, 단순히 맞춤법의 문제가 아니라 글 자체의 문제점들이 수정되지 않았다는 것이 된다. 그러므로 오타를 수정하면서 반드시 셀프 퇴고를 꼼꼼히 할 것을 권한다.

또 가벼운 오타 정도가 아니라 심각한 맞춤법의 문제라든가 띄어쓰기의 부재는 가독성을 심하게 해치게 된다. 글을 읽을 때 가독성이 떨어지면 이해가 힘들 뿐만 아니라 읽기 자체를 포기하게 한다. 특히 읽는 것을 별로 좋아하지 않는 사람이라면 처음 몇 줄만 읽고는 쉽게 포기할 것이다. 그러므로 맞춤법과 띄어쓰기를 절대 틀리면 안 된다고는 말할 수 없지만, 좋은 글의 한 요소로서 중요한 문제임에는 틀림없다.

누누이 언급했지만 글은 글로써 모든 것을 말하고, 모든 것을 표현해야 한다. 눈에 들어오는 오타나 띄어쓰기의 잘못으로 인해 가독성을 떨어뜨리고 글의 첫인상을 망치는 일은 없도록 해야 한다. 사람을 만났을 때 처음 3초간이 상대방에 대한 인상의 많은 부분을 결정한다고 한다. 그러니 맞춤법에 대한 질문을 할 시간에 차라리 글을 다시 읽어보며 다듬고 고치도록 하자. 글의 첫인상이 훨씬 좋아질 것이다.

나는 글을 쓴다, 그리고 또 쓴다

나는

오늘도 글을 쓴다.

그리고 내일도 쓸 것이다.

쓰는 만큼 읽기도 할 것이다.

읽은 만큼 쓰기도 할 것이다.

오늘도, 내일도…… 계속될 것이다.

글을 써서 돈을 벌기 시작한 지 20년이 넘었다. 그때도 지금도 나는

쓰고 또 쓴다. 읽고 또 읽는다. 어쩌면 글을 쓴다는 일은 이런 일의 반복

일 것이다. 달리 방법이 없다. 계속 쓰고, 좋은 글을 읽고 배우기도 하고, 비판하기도 한다. 어떤 날은 쓰고 싶어 미칠 지경이 되었다가 어떤 날은 글을 왜 써서 고통을 자초하고 있는지 자책을 할 것이다.

그러나 글만큼 내 이야기를 할 시간과 자리가 주어지는 경우는 없었다. 말로 하면 후회할 이야기들도 글로 하면 달라진다. 마구 내던지듯 속마음을 풀어헤쳐놓았다가도 거듭 읽고 읽으며 가다듬고, 가다듬어 세련되게 내어놓을 수 있기 때문이다.

내게는 글만큼 스스로 변화를 느끼게 하는 것이 없었다. 한 달 전의 글만 보아도 내 글이 아닌 것같이 느껴지는 날이 많았다. 생각의 변화만이 아니라 감정의 변화도 느꼈다. 내가 쓴 글을 다시 읽으며 낯선 나를 발견하게 되기도 했다.

글을 쓰는 일은 내게 인생의 선물이다. 내가 했던 많은 일들이 사라지고 없어져도 끝끝내 남은 것은 글이었고, 재능이 부족하다 해도 표현의 수단으로 유일하게 내가 가질 수 있었던 것이 바로 글쓰기였다.

청소년들에게 내가 받은 것과 같은 선물을 주고 싶었다. 그래서 이 책을 통해 좋은 작가들의 글도 접할 수 있게 하고, 또 쓰고자 하는 동기를 갖도록 하고 싶었다.

내가 그랬듯 더 많은 청소년들이 글을 표현의 수단으로 맞이하기

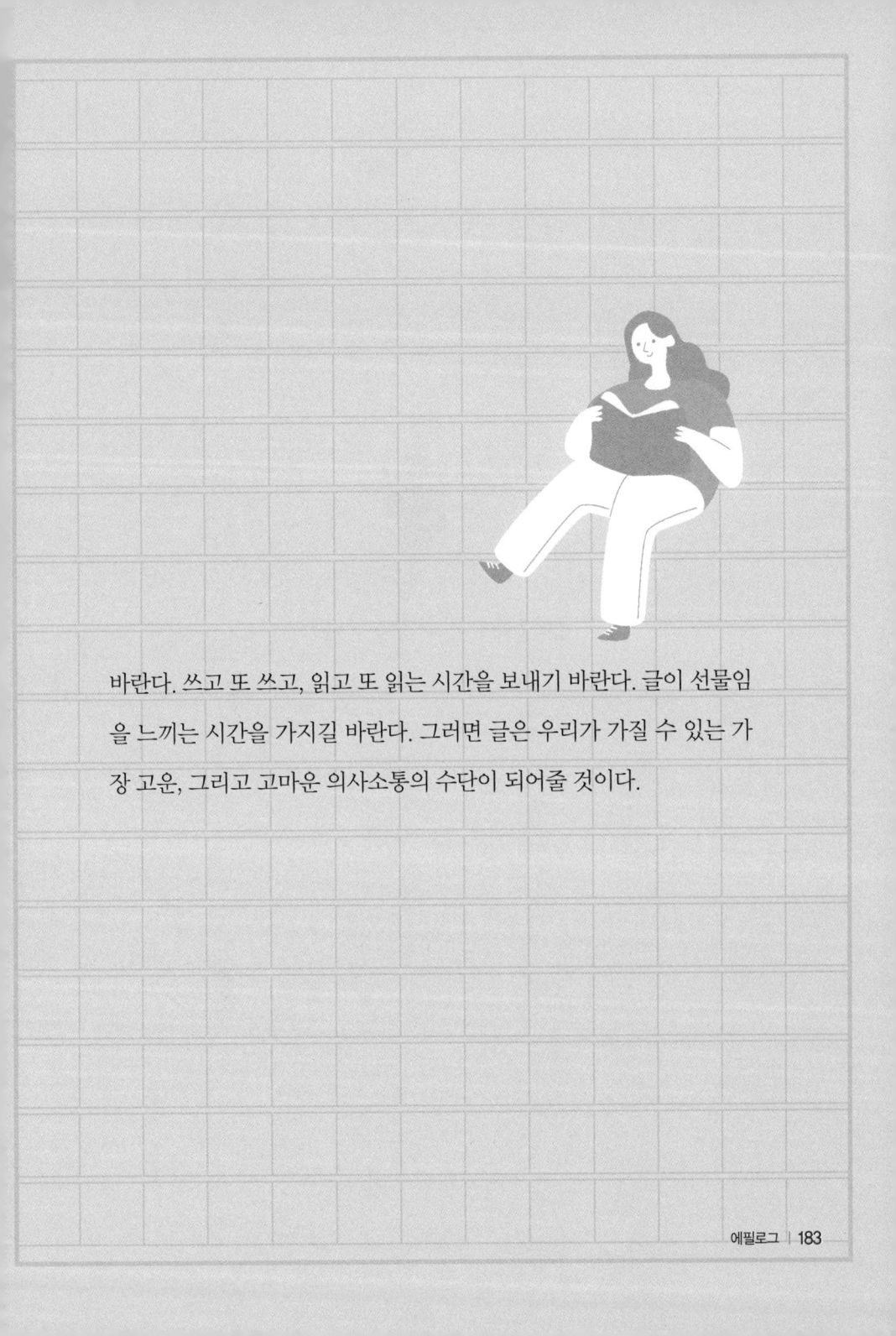

바란다. 쓰고 또 쓰고, 읽고 또 읽는 시간을 보내기 바란다. 글이 선물임을 느끼는 시간을 가지길 바란다. 그러면 글은 우리가 가질 수 있는 가장 고운, 그리고 고마운 의사소통의 수단이 되어줄 것이다.

십대들이여, 첫 문장을 탐하라!